STEEN IS LIEFDE

Eveline Hasler

Steen is liefde

*Een liefdesgeschiedenis
uit de kringen van Freud en Jung*

Vertaald uit het Duits
door Hanneke Los

Van Gennep ← Amsterdam

De uitgave van deze vertaling werd mede mogelijk gemaakt door

schweizer kulturstiftung

prohelvetia

Oorspronkelijke titel en uitgave
Stein bedeutet Liebe. Regina Ullmann und Otto Gross,
Nagel & Kimche / Carl Hanser Verlag, München 2007
© Nagel & Kimche / Carl Hanser Verlag München 2007
© Nederlandse vertaling 2010 Hanneke Los / Uitgeverij Van Gennep,
Nieuwezijds Voorburgwal 330, 1012 RW Amsterdam
Ontwerp omslag Erik Prinsen
Drukwerk Bariet, Ruinen
ISBN 978 90 5515 893 5
NUR 302

DEEL I

Achter mijn verhalen gaat een ander verhaal schuil.
Regina Ullmann

I

Toen eind september 1907 het zomerse weer omsloeg en een kille wind door de straten van Schwabing blies, zaten moeder en dochter Ullmann vaak in café Stefanie, dat in de volksmond spottend 'café Grootheidswaan' werd genoemd, omdat er veel kunstenaars en schrijvers kwamen. Tussen al die fraai uitgedoste, extravagante bezoekers vielen de twee vrouwen op door hun bescheiden voorkomen, de moeder in het zwart gekleed, als kwam ze zo van een plattelandsbegrafenis, de dochter bleek en houterig, in een bloemetjesjurk die nooit in de mode was geweest. Ze kwamen meestal laat in de middag en gingen aan een van de marmeren tafeltjes zitten in het lager gelegen deel van het café, van waar ze goed zicht hadden op de hoger gelegen, grotere ruimte met de biljarttafels en op de bar een paar treden hoger.

De oudste van de twee dames knoopte graag een gesprekje aan met de belendende tafeltjes, de jongste daarentegen was zwijgzaam en keek alleen maar. Van waar ze zat, zag ze de mensen binnenkomen en hoe zij, als ze de glazen buitendeur achter zich hadden gesloten, met maaiende armbewegingen een opening probeerden te vinden in het zware leren gordijn, als zwemmers die snel een veilige oever wilden bereiken. Wanneer dat gelukt was, sloeg de stamgasten de warme, vertrouwde cafélucht tegemoet van muffe rode pluchen kussens, koffie en rook. Avond aan avond waren het dezelfde gasten, de dochter herkende hen en noemde hen stil bij hun naam, keek toe waar ze gingen zitten, met wie ze spraken, zo zat ze in zichzelf gekeerd en nam toch overal aan deel.

Naarmate de avond vorderde, vulde het café zich met steeds meer gespreksflarden, een zoemend continent dat bol stond van de rook. De moeder vond de lucht vol grijze slierten rook niet prettig, maar er was geen betere plek om haar voor het schrijven geboren dochter in de wereld van kunstenaars en intellectuelen in te voeren. Men raakte snel met elkaar in gesprek, want de meesten kwamen hier iedere dag om stoom af te blazen, ze scholden op de koude wind van de Wilhelminische orde die uit het noorden woei en op het Berlijn van Bismarck, dat ook in het vrijheidslievende München steeds meer aanhangers kreeg onder ambtenaren, politici en andere kleine zielen.

De moeder was verheugd als ze aan de schaaktafeltjes de hoofden van in de stad bekende persoonlijkheden boven de rookdampen uit zag steken. Roda Roda bijvoorbeeld, herkenbaar aan zijn rode vest en zijn monocle, speelde nu een partij tegen Gustav Meyrinck, en aan de andere kant zat uitgever Karl Wolfskehl boven zijn stukken te dubben, met Erich Mühsam met zijn rode revolutiebaard tegenover zich.

De vrouwen in het bonte gezelschap hadden geen zitvlees voor het schaakspel, de actrices zaten met hun bewonderaars aan de lange tafels in de buurt van de tapkast, en andere vrouwen, zoals de soubrette Emmy Hennings, gingen liever van tafel naar tafel, met deze en gene een paar woorden wisselend, Emmy met haar knappe pagekopje, altijd in dezelfde opvallende kledij: een glanzend herenjacquet en een paarse maillot. Zien en gezien worden: tot de opvallende schoonheden behoorden ook poppenmaakster Lotte Pritzel, gravin Reventlow, model Marietta.

De laatste dagen was dochter Ullmann met hoofdpijn en lichte koorts thuisgebleven. Haar moeder had dus alleen aan haar tafeltje gezeten en gesprekken aangeknoopt, want er was, wat de begaafde dochter betreft, geen tijd te verliezen. Door een gelukkig toeval was eergisteren de elegante en ontwikkelde Else Jaffé aan het tafeltje naast haar komen zitten. In de ogen van mevrouw Ullmann was Else, te midden van de vele in bedenkelijke kledij gestoken vrouwelijke stamgasten van het café, een uiterst degelijke verschijning: als eerste vrouw was ze in 1901 bij Max Weber gepromoveerd in de sociale wetenschappen, de staat Baden benoemde haar daarop tot inspecteur van de arbeidsinspectie met de opdracht de rechten van vrouwelijke fabrieksarbeiders te beschermen. Daarna volgde haar huwelijk met Edgar Jaffé, professor in Heidelberg en uitgever van het archief voor de sociale wetenschappen en de sociale politiek, telg van een rijke Joodse koopmansfamilie. (Mevrouw Ullmann liet zich dan ook in het gesprek terloops ontvallen dat ze de weduwe was van een Joodse textielkoopman uit het Oostenrijkse Hohenem, die zijn geld in St. Gallen verdiend had met geborduurde stoffen.) Al heel snel kwam de schrijvende dochter ter sprake, en mevrouw Jaffé had erop aangedrongen de door mevrouw Ullmann genoemde prozastukken te mogen lezen, die in de zondagsbijlage van het *St. Galler Tagblatt* waren verschenen, en ja, graag ook de kleine toneeltekst in eerste opzet nog, die als titel *Hagenpreek* had.

De volgende dag al kwam Else Jaffé op de teksten terug. 'Een bijzonder talent, uw dochter, mevrouw Ullmann. Vooral het toneelstuk heeft veel indruk op me gemaakt. Zei u gisteren niet dat uw Regina het ter beoordeling aan de dichter Rilke wil sturen?'

'Dat was mijn idee,' zei de moeder glimlachend.

'Rilke is de aangewezen persoon om dit talent op waarde te schatten,' stemde Else in.

'Mijn dochter is erg verlegen. Ze heeft een aansporing van buitenaf nodig,' merkte mevrouw Ullmann op.

'Was ze altijd al zo? Ik bedoel, als klein kind al?' vroeg Else Jaffé en liet daarop volgen: 'Ik heb zelf twee kinderen, weet u, en ik vraag me altijd af in hoeverre gedragspatronen al in de kindertijd tot stand komen.'

'Ja, die karaktertrek zat er al heel vroeg in,' bevestigde mevrouw Ullmann. 'Regina was een bijzonder kind, opgesloten in een heel eigen wereld.'

's Avonds thuis in de Fendstrasse vertelde de moeder over het gesprek met mevrouw Jaffé. 'Ze wilde weten hoe je als kind was, Rega. Herinner je je nog iets van die tijd?'

'Ach, is hij dan al voorbij?' vroeg Rega met een glimlach.

2

Met haar zwarte rouwkleren verduisterde de moeder de vertrekken van Regina's kindertijd. Maar het kleine dochtertje slaagde erin in de schaduw van het moedergebergte een eigen wereld te bouwen: ze trok als het ware op vijandelijk gebied een magische cirkel om zich heen. Want voor een kind is het belangrijk dat niemand werkelijk macht over hem heeft, ook al voegt het zich omwille van de lieve vrede naar de bevelende stemmen.

Regina was in 1884 als tweede dochter van de Joodse textielfabrikant Richard Ullmann in St. Gallen ter wereld gekomen. Haar vader kwam uit een artsenfamilie uit Hohenem in de Oostenrijkse deelstaat Vorarlberg. Als jonge man – op foto's uit die tijd staat hij afgebeeld met donkere baard en sprekende ogen – werd hij gedreven door een uitzonderlijk idealisme en een groot verlangen naar avontuur, toen hij twintig was trok hij naar de Verenigde Staten van Amerika, waar hij meevocht in de Secessieoorlog tegen de slavernij. Na zijn terugkomst ging hij net als vele Vorarlbergers in de geborduurde stoffen, trouwde een fabrikantendochter uit Ulm en trok naar St. Gallen, waar hij van de bloei van de St. Gallense borduurbranche hoopte te profiteren.

Het paar kreeg kort na elkaar twee dochtertjes: eerst Helene en daarna, in 1884, Regina. De zaken liepen voorspoedig, een jaar na Regina's geboorte betrok het gezin een nieuw huis met bedrijfsruimte aan de Gallusstrasse in St. Gallen.

Het atelier van haar vader lag naast de privévertrekken, en in een van haar vroegste herinneringen zag Regina hoe ze door de gang liep en de weliswaar niet afgesloten maar voor de kinderen verboden deur doorging, ze betrad het rijk van de lange tafels met stofmonsters, waar het rook naar nieuwe katoen en appretuur, ze zag witbestikte en rozekleurige opengewerkte borduursels, hoog achter de lessenaar, met zijn blik in de bestelboeken, stond haar vader.

'Papa!'

Het ijle kinderstemmetje haalde de vaderlijke blik van ver terug, verbaasd keek hij neer op het krullenkopje van het driejarige meisje, dat nu haar pop omhooghield en om stukjes stof bedelde voor poppenkleertjes. Achter haar aan kwam door de openstaande deur het dienstmeisje binnengesneld, ze maakte een lichte kniebuiging voor de lessenaar, verontschuldigde zich, jammerde over het eigenzinnige kind en trok het, hoewel het luidkeels tegenstribbelde, met zich mee. Rega's vader had alles zonder iets te zeggen gadegeslagen, maar 's avonds bracht hij een doos mee en daar kwamen de prachtigste stukken stof uit tevoorschijn, wit, vanille- en bonbonkleurige organza, de twee poppenmoedertjes woelden er met hun handjes doorheen en zwolgen in het geschenk.

In weekeinden in de herfst droeg vader een jachtkostuum, de meisjes keken met bewondering naar hem op, nu konden ze ook geloven dat hij in Amerika gevochten had voor de arme, rechteloze zwarten. Toen Rega vier jaar was, was het huis na een jachtweekeinde in grote beroering, vader was in de bergen verrast door de vroeg invallende winter, de hut waar hij had kunnen schuilen, kon hij door de dichte sneeuwval niet bereiken, na een koude nacht onder de blote hemel keerde hij tot op het bot doorweekt terug naar huis. Daarna lag hij gloeiend van de koorts in de slaapkamer, de dokter kwam, het rook naar medicijn, in de ouderslaapkamer bleven de gordijnen dicht. De kinderen mochten niet rondlopen en niet hardop praten. 'Stil, kinderen,' waarschuwde het dienstmeisje, 'jullie vader heeft een longontsteking.' Moeder hield zich ver van de kinderen en waakte aan het ziekbed.

Op de derde ziektedag, de kinderen zaten rustig aan tafel te spelen, verscheen moeder met een lijkbleek gezicht en zei: 'Kinderen, jullie vader is dood.'

Helene begon te huilen, Regina daarentegen verstijfde, van schrik viel de pop uit haar hand, haar ogen bleven droog, vervuld van een donker vermoeden dat er iets definitiefs, onherroepelijks was gebeurd.

De moeder moest zich, zo jong als ze was, schikken in haar rol van alleenstaande ouder. Om zichzelf in huis en in de buitenwereld autoriteit te verschaffen, droeg ze weelderige zwarte kleren met veel ruches en enorme hoeden, zo groeide de van nature al grote en statige vrouw uit tot een imposante verschijning. Om onnaspeurbare redenen liet ze zich door haar dienstmeisje en spoedig ook door haar vrienden en kennissen 'Frau Augsburger Rat' noemen.

Het oudste meisje groeide voorspoedig op, ze had een open, vriendelijk karakter, alles liep op rolletjes, als vanzelf. Maar Regina scheen in haar ontwikkeling stil te staan, ze lachte bijna niet, sprak nauwelijks, speelde niet met vriendinnetjes, trok zich terug in haar eigen wereld.

De vertrekken in het huis aan de Gallusstrasse waren donker, aan de overkant van de bochtige straat benamen andere huizen het zicht. De nog jonge weduwe vond het heerlijk buiten het licht op te zoeken, voor de spiegel in de gang kleedde ze zich voor de wandeling: een zwarte tafzijden japon, daaroverheen een wijde cape, een hoge zwartvilten hoed.

'Kom, Rega, maak je klaar, we gaan de stad in... Nee, doe je goede mantel aan... Ach, dommerdje, je hebt de knopen scheef dichtgeknoopt!'

Het kind knoopte de jas opnieuw met onhandige vingers dicht, om geen knoop over te slaan, ging ze ook voor de spiegel staan, de ogen donker van angst.

Buiten scheen een bleke voorjaarszon, moeder en dochter liepen langs de voortuinen met gietijzeren hekken, waar de eerste bloempjes schuchter de kop op staken. Het stokje, dat moeder altijd bij zich had, begeleidde iedere stap met een tikkend geluid. De kloeke Kloosterkerk, op slechts een steenworp afstand van de Gallusstrasse, schaarde de huizen als kuikens om zich heen. De jonge eigenaresse van de apotheek, vlak bij het klooster, kwam net de winkel uit.

Mevrouw Ullmann bleef staan. 'Geef een hand, Rega.'

Rega stak haar hand uit.

'Zeg netjes "Grüß Gott".'

'Grüß...' Het andere woord bleef in haar keel steken.

'Toe!' Moeder sloeg met het stokje op de grond, alsof er een waterbron uit de woestijn omhoog zou schieten.

Maar de mond van de dochter bleef droog.

'Komt er nog wat van?'

Het kind stond verstijfd met roodaangelopen gezicht en kokhalsde alsof het zou stikken in het afgedwongen woord. Eindelijk kwamen er stotterend een paar lettergrepen uit.

'Ach, neemt u haar niet kwalijk,' zei Frau Rat tegen de apothekeres, 'het is me een raadsel, is het koppigheid? Of heeft het kind een afwijking? En dan te bedenken dat mijn oudste dochter, Helene, net een jaar ouder, precies het tegenovergestelde is, die moet je afremmen in het spreken.'

'Rega zal het nog wel leren, Frau Rat,' zei de apothekeres. 'Ze lijkt nogal verlegen.'

Mevrouw Ullmann trok Rega resoluut mee, door een nauw steegje kwamen ze in de winkelstraat. De deur van de slagerij stond open en het rook naar braadworst.

De dochter had een grote hekel aan die wandelingen. Ze bleef het liefste thuis, in de kleine tuin achter het huis. De stenen muur stond verweerd in de schaduw, hier troffen de woordelozen en de woorden elkaar. Rega vond het fijn de geur van verrotting op te snuiven, woorden te bedenken, ze langzaam met haar lippen te vormen en fluisterend uit te spreken tegen de bemoste, geduldige muur.

De woorden waren schuw, als vogels kwamen ze aanvliegen, werden langzaam minder schuw, tam, gingen op Rega's schouders zitten. 'Zullen we samen het verhalenspel spelen, Rega?' De woorden giechelden, gaven elkaar een hand en vormden zo kleine zinnetjes. Dit gebeurde allemaal geluidloos. Slechts een ademtocht woei over de net opengebloeide narcissen, tussen de stengels weefde zich een verhalenweb, fijn als spinrag.

Dan kwam moeder terug van het boodschappen doen en scheurden haar ruisende rokken het web stuk. 'Sta je daar nu nog steeds, wat doe je toch, Rega?'

In de gaten in de muur woonden kleine rode kevertjes, waarmee het kind graag speelde.

'Bah, Rega, vies, ga je handen wassen!'

In juni en juli was het heet, Helene, de grote zuster, wilde gaan zwemmen. En zo beklommen ze gedrieën, langs eindeloze trappen, de steile helling. Overal bloeiden madeliefjes in het gras en roze koekoeksbloemen. Op de heuvel lagen drie meertjes, een voor de mannen en een voor de vrouwen, de derde was een kweekvijver voor vis. De bosrand boven de kleine meren noodde tot wandelen, op het wateroppervlak trilde het beeld van slanke groene dennen.

Rega ging met haar zus mee naar een van de houten kleedhokjes, het rook naar houtbeits in de kleine ruimte. Snel trok Helene haar kleren uit, stond al klaar in haar donkerblauwe zwempak met de speelse pofmouwtjes.

'Schiet eens op, Rega, wat ben je toch langzaam.'

Eindelijk was ook Rega zover. Terwijl de oudste zus zich al in het water vermaakte, bleef de jongste op de helling zitten. Ze vond het donkere water eng. Liever keek ze naar de libellen, de muggenzwermen en de lichtjes die boven het water dansten. Steeds weer ging haar blik naar haar zus, die nu met blauwe lippen tussen de waterlelies zwom, het water werd in het alpenklimaat ook in de zomer niet echt warm.

Moeder Ullmann had alleen haar schoenen uitgetrokken en zat op een bank te haken. Zonder haar haakwerk te onderbreken, kon ze met voorbijkomende bekenden een praatje maken, de haaknaald in haar hand danste gewoon door: losse steken, een luchtige omlijsting van het niets.

Op de lange avonden zat moeder Ullmann vaak naast het dienstmeisje uit Oberösterreich en zette nachtjaponnen en onderbroeken met kant af. 'Ach, Frau Rat is altijd nog een beetje koket,' had het meisje lachend gezegd, 'ze is ook nog jong!' Dat het jammer was dat de jeugd en schoonheid van de vrouw onopgemerkt verwelkten, zei ze niet hardop, hoewel ze zich, vaak het enige gezelschap van de vrouw des huizes, wel enige vertrouwelijkheid kon permitteren. De kinderen zagen het versierde ondergoed aan de lijn, waar de lange pijpen en kanten mouwen trappelden en wapperden als spoken in de wind.

Op zomeravonden, als de bergtoppen met hun eufore namen Rozen- en Vreugdenberg, in het late zonlicht rood kleurden, mochten de kinderen na het avondeten nog buitenspelen. De grote zus speelde graag met de buurkinderen in het straatje, maar Rega bleef in de tuin. Soms zat er een pad op de aarde, nog nat van het sproeien, ze keek Rega met haar goudgespikkelde ogen aan, Rega sprak met haar. Zij, die bijna nooit iets zei, stond daar en bewoog haar lippen, als glinsterende zeepbellen stegen de woorden op, bleven nog even in de avondschemering hangen.

De buurvrouw zag het kind dat in zichzelf stond te praten. Een keer zei ze over de haag tegen mevrouw Ullmann: 'Een vreemd meisje, die Rega van u. Ze heeft het smalle gezicht en de hartstochtelijke blik van uw overleden echtgenoot. Lijkt ze ook qua karakter op hem?'

'Misschien wel,' zei mevrouw Ullmann.

Rega kon zich, hoewel ze bij zijn overlijden nog maar vier jaar was geweest, haar vader goed herinneren, voor haar innerlijke oog droeg hij nog altijd zijn jachtkostuum. Als kinderen hadden Rega en Helene hem, de jager, bewonderd en gedacht dat hij zo, in die uitrusting, in het verre Amerika voor de negerslaven had gevochten.

Mevrouw Ullmann had juist altijd het idee gehad dat de jager en de textielkoopman aan de hoge lessenaar in zijn kantoor twee verschillende personen waren. Het kwam haar voor dat de man in het groen die, met het geweer stoer over zijn schouder, de bergen in trok, een dubbelganger was. Toen de dubbelganger in een stormachtige nacht uitgeput terugkeerde, al gauw met hoge koorts het bed moest houden en spoedig daarop stierf, wachtte zij nog steeds op de echte echtgenoot, de nauwgezette, keurige koopman. Tevergeefs.

'Ach, het is niet zo vreemd,' had zijn zuster na de begrafenis tegen haar gezegd, 'er broeide onder de oppervlakte toch altijd onrust in Richard, toen hij twintig was, is hij op avontuur naar Amerika gegaan!'

Een oud verhaal. Mevrouw Ullmann had het altijd weggewuifd. Wat deden die jeugdige dwaasheden ertoe, zij was de vrouw van een succesvolle textielkoopman. De geborduurde stoffen die hij in zijn bedrijf voor de export vervaardigde, gingen nu in zijn plaats de oceaan over. St. Gallens borduursel was in de Verenigde Staten in de mode geraakt, van daar stroomde geld terug naar de stad, die zich rondom de eeuwwisseling tooide met een nieuwe bouwstijl, in de wijk rond het station rezen gebouwen uit de grond, even statig en schitterend als in Amerika, met namen als 'Union', 'Oceanic', 'Washington' of 'Atlantic'. St. Gallen, ten tijde van de bloeiende textielindustrie een klein New York.

De moeder hield van kant en mooie stoffen. Voor carnaval naaide ze kostuums voor de kinderen. Rega moest het pakje van Roodkapje passen dat Helene het jaar daarvoor had aangehad. Moeder riep Rega uit de tuin naar binnen, het kind kwam langzaam en met tegenzin, want ze had net op haar knieën in het bloembed gezeten en een spin gered.

'Maak je toch niet altijd vuil, Rega. Trek snel je jurk uit.'

Het kind staat nu in haar hemdje, de moeder begint de stof langs het tengere kinderlijfje af te spelden. Als ze op haar knieën gaat zitten, bekruipt Rega de angst dat haar moeder in de boze wolf verandert, nu ze zo in haar donkere jurk op handen en knieën over de vloer kruipt, met spelden in haar mond.

Het moederdier komt dichterbij. Rega voelt de zware adem op haar blote huid. Dan wordt Rega stevig bij haar arm gepakt, haar moeder maakt een onbestemd geluid, omdat ze vanwege de spelden in haar mond niet kan praten.

De volgende dag krijgt Rega het Roodkapjekostuum aan. Voor ze het huis uitgaan, plukt moeder nog wat aan de pofmouwtjes, slaat een kleine rode cape om haar schouders, hangt een hengselmandje aan haar arm.

De vrouw van een fabrikant op de Rozenberg heeft hen uitgenodigd voor de thee. Het nieuwe huis verrijst als een kasteel tussen hoge populieren. Rega kijkt met bewondering naar de torentjes, de kantelen en de trapleuning van roodachtig zandsteen.

'Rega, kom nou.'

Bedrukt loopt ze in haar ongemakkelijke pak achter moeder aan de trap op, in de deuropening neemt een dienstmeisje de bontcape van mevrouw Ullmann aan.

In de salon zitten de dames op met brokaat overtrokken stoelen, een paar hebben, omdat het immers een carnavalstheevisite is, hoedjes op en kleurige sjaals om, er zijn ook een paar kinderen, die met schele ogen naar de lekkernijen op het dressoir gluren.

De vrouw des huizes buigt zich naar voren: 'Kom bij mij zitten, Rega.' Ze plukt met haar vingers vol diamanten aan Rega's klokrok. 'Ja, kom maar. Of ben je soms bang voor de wolf?'

Rega lacht niet, haar ogen zijn groot geworden.

'Zeg eens, ben je bang?'

'N-n-nee.'

Er wordt gelachen.

Het verlegen Roodkapje zit verloren op een van de veel te grote stoelen, men houdt haar de schaal met lekkers voor. Ze heeft nauwelijks een droog amandelgebakje naar binnen gewerkt of daar begint een andere mevrouw haar vragen te stellen, het kind doet gekweld haar mond open, begint te stotteren, van het laatste hapje stuift wat meel de lucht in.

De vragende mevrouw is aan het einde van haar geduld. Met een heftige hoofdbeweging, waardoor het rode carnavalshoedje op haar voorhoofd glijdt, richt ze zich tot mevrouw Ullmann: 'Kan uw dochtertje soms niet praten?'

En de mevrouw met de Turkse tulband laat daarop volgen: 'Uw Rega is toch net zo oud als mijn Dora, dan gaan ze straks in het voorjaar zeker samen naar de eerste klas?'

Mevrouw Ullmann wordt rood. 'Mijn jongste dochter is, in tegenstelling tot de oudste, wat langzaam. Ik doe haar daarom op een bijzondere school, daar krijgt ze meer ondersteuning.'

'Aha, ik begrijp het.'

Blikken worden gewisseld, nu weten ze wat er aan de hand is.

3

Regina Ullmann wilde die avond beslist weer naar café Stefanie. Ze voelde zich door de koorts en de hoofdpijn van de afgelopen dagen nog wel verzwakt, en het café, dat zoals altijd in het weekeinde langzaamaan volstroomde, kwam haar voor als een schip op de hoge golven. Het ging op en neer, het geluidsniveau steeg. Aan veel tafeltjes werd vol vuur over kunst en revolutie gedebatteerd, dat kon nog op volle sterkte doorgaan tot ver na middernacht, want café Stefanie was een van de weinige kroegen in München die tot drie uur open mochten blijven. De felle woordenstrijd, de verhitte discussies waar ze nooit aan deelnam, had Rega gemist. Zij die nooit wat zei, zat met afwezige blik naast haar moeder, roezig van de gespreksflarden, te midden van het zieden der woorden.

Nieuwe gasten worstelden zich door het zware gordijn bij de ingang, keken rond om te zien waar nog plaats was, het café was nu afgeladen vol. Men dronk elkaar toe, hier en daar werd naar het bedienend personeel geroepen, terwijl de obers met hun hoog boven de hoofden geheven dienbladen het vuur uit hun sloffen liepen. Sommige vrouwen gleden behendig over de steeds nauwer worden paadjes tussen de mensen door, Lotte Pritzel bijvoorbeeld, die door de schrijver Erich Mühsam 'de poema' werd genoemd.

Ze had een jongensachtig, soepel lichaam, dat steeds weer opdook, zich tussen de tafeltjes door wrong, nu sloop de poema op fluwelen poten door het hoge savannegras.

Met halfgeloken ogen zat Rega naast haar moeder. Niet dat ze slaperig was, een en al aandacht nam ze iedere beweging van Lotte Pritzel waar, versmolt met de waargenomen persoon, werd zelf 'de poema', die nu afsloop op het schaaktafeltje van Erich Mühsam, hem vanachter besprong, haar handen voor zijn ogen hield en hem in zijn nek kuste.

Met enige moeite maakte hij zich los. Lachte, gaf kussen terug.

Hij houdt van vrouwen, dacht Rega, hij wil gekust worden. Maar hij schijnt niet veel geluk bij de vrouwen te hebben, iedere vrouw die naast hem opduikt, gaat er meteen weer vandoor!

En ja hoor, Lotte zat alweer twee tafels verder bij een jonge matroos op schoot. Rega bleef op afstand en in gedachten bij Mühsam, kroelde met haar vingers door zijn rode baard, wierp een blik op het schaakbord, waar uitgever Wolfskehl net een zet deed.

Later richtte ze haar aandacht op Else Jaffé, die naast haar zus Frieda Weekly stond. De beide dochters uit het Pruisische officierengeslacht Von Richthofen waren in alle opzichten verschillend: Else was een klassieke schoonheid met regelmatige trekken en amandelvormige ogen, Frieda Weekly had een hartvormig en kinderlijk gezicht, een lach om haar ogen, een zinnelijke mond. Frieda was sinds enkele weken in München op bezoek, haar echtgenoot en haar twee kinderen had ze in het Engelse Nottingham gelaten, waar Weekly hoogleraar was.

De Von Richthofenzusjes behaagden de mannen ieder op hun eigen manier, zo leek het. Eén aanbidder, dokter Gross, had niet kunnen kiezen en beminde hen alletwee.

Geruchten, praatjes. Ook dat hoorde bij café Stefanie.

Wie van de twee vind ik het leukst, dacht Rega bij zichzelf. Else, die ernstiger is, rust en intelligentie uitstraalt? Frieda, die meer levenslust maar ook meer geheimen lijkt te hebben? Met alle mensen die Rega gadesloeg ging ze een geheime verbintenis aan. Ze gingen bij haar eigen wereld horen, die niet alleen uit mannen en vrouwen bestond, maar ook uit planten en dieren. Waarom ben ik geboren? dacht ze. Het beetje levenslust dat ik heb, gaat in andere mensen zitten, ik denk dat ik hen beter ken dan mezelf. Het wezenlijke van mijn leven had verdeeld kunnen worden, een beetje bij die en een beetje bij die. Alleen als ik schrijf word ik mezelf gewaar. Als ik schrijf, kan ik bij de één zijn en bij de ander zonder mezelf te verliezen. Het is een troost te merken dat ik ondanks alles wel moet bestaan, want als ik schrijf lopen al die levensdraden door mij heen.

Al jong was Rega zich ervan bewust geworden dat schrijven bij haar leven hoorde. De juffrouw op de school voor buitengewoon onderwijs had haar ertoe aangespoord, had haar kleine schrijfwerkjes geprezen. 'Je bent langzaam, je hebt meer tijd nodig dan anderen, maar je doet het grondiger. Mooi hoor, hoe je dat opschrijft.'

Vaak stond ze achter het kind, dat er moeite mee had de letters net zo snel en leesbaar neer te schrijven als de anderen. Op de lei of in haar schrift werden de g en de h geitjes, die aan de onderkant door de voorgetrokken lijnen heenvraten of hun kopjes te ver omhoogstaken. 'Nog een keer, Rega.' Terwijl de juffrouw zich over het hanenpoterige schrift boog, legde ze haar hand op Rega's rug, dat gaf een heerlijk warm gevoel, er groeiden vleugeltjes op haar rug. Ze hielpen Rega antwoorden te geven die de juffrouw versteld deden staan. 'Weet je dat je heel knap bent, Rega?'

De juffrouw was vroeger zelf een langzaam kind geweest, ze moedigde Rega aan en prikkelde haar. Soms deed ze spelletjes.

Zo loofde ze in de klas voor de beste prestatie een in goudkleurig staniol gevatte griffel uit, die de kleine Rega, die de gouden griffel absoluut wilde hebben, tot vreugde van de onderwijzeres won. Al spoedig kon de kleine Rega op de gewone school meedoen. Haar klasgenoten moesten wel een beetje om haar traagheid lachen, maar haar opstellen deden de onderwijzers versteld staan.

4

Die avond in het café merkte Rega niet dat er ook naar haar werd gekeken. Boven bij de biljarttafels stond de alom bewonderde dokter Gross naast Else Jaffé. Hij, de psychiater, zag haar in de schaduw van het moedergebergte zitten. Hij zag de traagheid van haar bewegingen, de op haar lippen gestolde glimlach. Ze moet als het ware in haar eigen persoon worden teruggebracht, dacht hij.

Else Jaffé had zijn blik geraden: 'Ja, de dochter is een eigenaardige jonge vrouw,' zei ze, 'ik heb opmerkelijke prozastukken van haar gelezen. Gisteren heb ik met haar moeder gesproken.'

Gross voelde dat hij in de jonge vrouw geïnteresseerd was, meer dan in wie ook van al die mensen die in café Stefanie achter hem aanliepen om bij hem in analyse te gaan, omdat dat zo in de mode was. In één oogopslag doorzag hij haar afhankelijkheid. Als hij toenadering tot de dochter wilde, moest hij eerst de moeder voor zich innemen.

'Wil je me alsjeblieft aan die twee vrouwen voorstellen,' zei hij tegen Else. Hij was nu erg onrustig geworden, liep op en neer en pakte ten slotte het zakje met het witte poeder.

'Je gebruikt de laatste tijd te veel,' zei Else afkeurend. 'Het zal je gezondheid schaden.'

Gross lachte afwezig: 'Je weet toch dat mijn leermeester Freud enthousiast was over cocaïne, hij stuurde zijn verloofde zelfs af en toe een klein beetje om aan te sterken, zoals hij zei. Jij hebt zijn publicaties over cocaïne toch ook gelezen?'

'Het is jaren geleden dat hij die artikelen schreef,' wees ze hem terecht. 'Freud heeft later, vanwege zijn slechte ervaringen, spijt gehad van zijn enthousiaste uitlatingen over cocaïne.'

'Ja, je kunt van mening veranderen,' zei hij afwezig. Hij had het zakje opengemaakt en in ieder neusgat een beetje van het fijne witte poeder gestopt, fijne poedersneeuw bleef op zijn pak achter.

Else klopte de sporen met haar hand weg. 'Je gebruikt toch ook morfine, is het niet?'

Hij had nu de gezichtsuitdrukking van een berispte schooljongen. 'Ja,' zei hij, 'het gaat niet anders, ik heb de doses moeten verhogen, ik ben tegenwoordig te onrustig.'

'En een ontwenningskuur? Zoals vorig jaar in Ascona? Je hebt je, om je te kunnen verheugen op de komst van Frieda's kind, van je slechte gewoonten bevrijd. Nu is de kleine Peter nog geen jaar oud en ben je weer helemaal terug bij af.'

Hij zweeg terneergeslagen.

'Ach, Otto,' zei ze teder. 'Wil je, nu je gauw weer vader wordt, niet nog een poging doen, voor het nieuwe kind?'

Hij kuste haar, streek over haar buik. 'Wanneer komt het?'

'Het wordt vast een kerstkindje.' Ze lachte dromerig.

Naast Else dronk hij aan de tapkast een kop koffie. Hij merkte nu dat het poeder begon te werken, het bundelde zijn krachten, maakte hem lucide en energiek, net alsof hij kannen vol koffie had gedronken. Die uitwerking verzoende hem weer met de drug. Aan de buitenkant was er kennelijk nog nauwelijks enige schade waar te nemen, voor de bezoekers van café Stefanie was de voortdurend cocaïne snuivende psychiater ook anno 1907 nog een magiër, de heer van de kristallen wolk: hij zou in het binnenste van de mens kunnen kijken, geheime motieven, blokkades, maskerades kunnen zien.

Maar de drug maakt ook de zelfkritiek scherper. Voor Otto Gross is het pijnlijk te erkennen dat hij in een spagaat zit: hij heeft cocaïne nodig om los te komen van het vaderlijk gezag, maar wordt door de enorme sommen geld die zijn verslaving verslindt steeds afhankelijker van het geld dat zijn vader stuurt. Als dokter weet hij van het toenemende verval van zijn lichaam en geest. De drug is steeds sneller uitgewerkt. Vaak laat zijn geheugen hem in de steek. Het zweet breekt hem uit. Hij voelt zich onrustig. Aan één kant van zijn gezicht stuwt het bloed. De te nemen dosis cocaïne moet verhoogd en met andere middelen gecombineerd worden.

Maar nog steeds is de psychoanalyticus, aanhanger van Freuds methode, voor velen de interessantste cafébezoeker. Zijn ideeën over de erotische bevrijding en de terugkeer naar het matriarchaat zoals bedoeld door de Zwitserse antropoloog Johann Jakob Bachofen, vinden niet alleen weerklank bij bohemiens, maar overtuigen ook wetenschappers als Edgar Jaffé. Vrouwen zien in zijn theorieën over de bevrijding van het vrouwelijke geslacht een openbaring en vallen voor zijn charismatische persoonlijkheid. Echtgenotes van mannen van aanzien, die nooit eerder, zelfs niet in hun stoutste dromen aan een slippertje dachten, worden uit vrije wil zijn geliefde, zoals Else Jaffé en haar zuster Frieda Weekly. Sigmund Freud beschouwt Jung en Gross later als de enige originele denkers van al zijn leerlingen. En de psychiater Ernest Jones, die in München bij Gross leert analyseren, ziet Gross als *de persoon die het dichtst in de buurt komt van de romantische idee van een genie, die ik ooit ben tegengekomen... Een zo groot vermogen om door te dringen, om de diepste gedachten van anderen te raden, ben ik nooit meer tegengekomen.*

Het was bijna half twaalf. Zoals altijd drong moeder Ullmann nog voor middernacht aan op vertrek, meestal namen ze dan in de Amalienstrasse een rijtuig, want om dat uur wemelde het in de smalle straatjes van Schwabing van de tippelende meiden en aangeschoten kerels.

De beide vrouwen wilden net opstaan en hun mantels pakken, toen ze Else Jaffé op hun tafeltje zagen komen toelopen in gezelschap van een sportief gebruinde jongeman, wiens gladde blonde haar in korte lokken over zijn voorhoofd viel.

'Mag ik u voorstellen,' sprak Else Jaffé tot moeder Ullmann, 'dit is dokter Gross.'

'Aangenaam kennis met u te maken, mevrouw,' zei de arts. 'Else heeft mij over u verteld.' Hij pakte haar mollige hand en drukte er een vluchtige handkus op.

Mevrouw Ullmann was aangenaam verrast door zijn iets slepende accent, dat haar herinnerde aan haar overleden man, die uit Vorarlberg kwam.

'Komt u uit Oostenrijk?'

'Ja, uit Graz.'

'Ach, dat is zo'n mooie stad.'

Hij glimlachte, als voelde hij zich door de lovende woorden van de oude dame gestreeld. 'En u, mevrouw? Ik meen ook in uw uitspraak iets van de bergen te horen?'

'Ik heb lang in Zwitserland gewoond, maar ik kom oorspronkelijk uit Zuid-Duitsland.'

'Ach wat aardig.' Hij veegde met een handbeweging een blonde haarpluk uit zijn gezicht. Nu hij zijn plicht tegenover de moeder had gedaan, kon hij zich tot de dochter wenden. Dat leek hem verlegen te maken, hij schokte een beetje met zijn smalle hoofd, zei toen: 'Ik hoor dat u een beginnend schrijfster bent?'

'Ach ja,' fluisterde ze schoorvoetend.

Else Jaffé mengde zich in het gesprek. Ze herhaalde dat ze zeer onder de indruk was van wat ze had gelezen en voegde daaraan toe: 'Fijn om u weer te zien in café Stefanie! Mevrouw uw moeder vertelde dat het niet goed met u ging, dat u hartklachten en hoofdpijn had?'

Rega maakte verlegen een afwijzend gebaar. 'Het gaat alweer beter.'

'Maar u moet zulke klachten wel serieus nemen,' zei Else Jaffé. 'Wilt u geen dokter raadplegen? Hier – ik kan u dokter Gross van harte aanbevelen!'

De moeder knikte instemmend. 'Ik heb tevergeefs geprobeerd Regina over te halen een dokter te bezoeken. Ze kon de laatste tijd alleen zittend in slaap vallen, de steken in het hart, begrijpt u…'

De arts knikte. Hij richtte zich weer tot Rega. 'Mocht u dat toch willen, mejuffrouw – hier is mijn adres. Komt u in de namiddag naar de Türkenstrasse. Als ik het zeggen mag: voor stamgasten van café Stefanie geldt een bescheiden tarief.'

Rega nam het visitekaartje aan. Ze verviel weer in sprakeloosheid. Haar blik was verlegen, er kwam geen woord over haar lippen.

Om de ongemakkelijke stilte te doorbreken zei mevrouw Ullmann: 'Wat ziet u er bruinverbrand uit, dokter Gross! Zo bruin zijn toch eigenlijk alleen de skileraren in Tirol?'

De psychiater liet een luide lach horen. In de herfst had hij nog een badkuur gedaan in Dalmatië. Hij zocht altijd de warmte op.

5

Rega vond de dokterspraktijk in een zijstraatje van het drukke deel van Schwabing. Het huis zag er verwaarloosd uit, aan de overkant van de binnenplaats, naast een pakhuis, bevond zich een cabarettheater.

In de gang was een vrouw met een bezem in de weer. 'Waar moet u heen, juffrouw?'

'Woont dokter Gross hier?'

'Ja, boven.'

Ze liep een krakende trap op, van de houten leuning was een stuk afgebroken. Een deur stond op een kier. Rega zag nergens een bel, dus klopte ze op de deur en ging naar binnen. Ze bevond zich in een groot, onoverzichtelijk vertrek, vooraan wezen een paar stoelen met verfomfaaide tijdschriften erop dat dit de wachtkamer van de dokterspraktijk was. Achteraan in een schemerig halfduister stonden een kast en een bureau, het geheel maakte de indruk van een zolder.

Ze liep naar een van de lage ramen om het daglicht te zoeken. Buiten verbleekte de herfstmiddag, door het raam bezien leek de hemel kleurloos. De ruiten stonden stijf van het vuil, in een bovenlicht was een raam kapot en met papier beplakt. Met enige moeite herkende ze de binnenplaats, aan het begin van een straatje brandde al een doffe lantaarn.

Een akelig gevoel bekroop haar. Stond ze, afgesneden van de werkelijkheid, in een nachtmerrie? Ze keek nog een keer om naar de stoelen met de verfomfaaide tijdschriften. Waar waren de wachtende patiënten, waar was de dokter?

De dokter stond achter in het zoldervertrek dat grijs zag van de spinnenwebben en zag de jonge vrouw voor het raam staan. Zoals altijd bij zijn schaarse consulten zocht dokter Gross weer heil bij het poeder. De cocaïne maakte zijn waarneming scherper, hij zag de donkere hoeken van de ziel van zijn patiënten, de verdringingsmechanismes.

Geruis verried dat de jonge vrouw aanstalten maakte om weg te gaan, dat ze waarschijnlijk nu al op de vlucht sloeg? Dokter Gross kuchte.

Rega was al bij de deur, draaide zich om en zag hem nu voor het raam staan, met zijn vinger tekende hij iets op de stoffige ruit.

Toen deed hij een paar passen in haar richting en keek haar aan met een blik waar verdriet en verlorenheid uit sprak. 'Daar bent u dan, juffrouw Rega. Alstublieft, komt u maar.' Hij wenkte haar naar zijn bureau.

Zijn gezichtsuitdrukking achter het bureau was verlegen en merkwaardig hulpeloos, als smeekte hij haar hem in zijn functie als dokter serieus te nemen. Op zijn verzoek ontblootte ze haar bovenlijf, haar handen die de haakjes van het korset losmaakten, trilden, ze rilde, voelde haar hart in haar keel kloppen.

Hij was, terwijl ze zich had uitgekleed, voor het raam blijven staan, nu liep hij naar haar toe en begon zachtjes op haar licht naar voren gebogen rug te kloppen. 'U heeft het koud, juffrouw Rega. Leunt u iets naar achter, ademt u flink in en uit.'

Terwijl hij verder ging met zijn onderzoeking, zag zij zijn smalle, jongensachtige gezicht met de blonde haarslierten, zo had hij er vast als jongeman al uitgezien, maar de tijd was niet stil blijven staan, had het jonge gezicht op eigen wijze verweerd.

De dokter was weer aan zijn bureau gaan zitten en maakte aantekeningen. Toen keek hij op. 'Juffrouw, ik kan u zeggen, lichamelijk mankeert u niets.'

'Maar...' vroeg ze van haar stuk gebracht, '... die steken in mijn hart dan? Het is de laatste tijd zo erg dat ik alleen zittend kan slapen.'

Dokter Gross knikte. 'Met de door u beschreven symptomen vertelt uw lichaam over een psychische verwonding. Heeft u de afgelopen tijd iets ergs meegemaakt?'

Ze knikte van ja en onwillekeurig vulden haar ogen zich met tranen.

'Als u dat niet wilt, hoeft u nu niets te zeggen. Voor de genezing van diepe wonden is tijd nodig en een speciale therapie.'

Ze zocht naar een zakdoek en voelde een stekende pijn, als openbaarde zich de zojuist genoemde wond in haar hart.

'Gelooft u me, ik weet waarover ik spreek,' zei hij.

Ze tilde haar hoofd op en was geraakt door zijn invoelende blik.

'Ik raad u aan in therapie te gaan. Ik ben psychoanalyticus, een leerling van Sigmund Freud. Maar ik ben er trots op dat ik kan zeggen dat ik mijn eigen weg ga.'

Hij kijkt dwars door me heen, dacht ze. Een ongelukkige man die een ongelukkige vrouw helpt.

'Als u straks weer beter bent, heeft u nog veel meer kracht om te schrijven.'

Ze keek hem vragend, een beetje ongelovig aan.

'Ja,' zei hij profetisch, 'u zult de wereld nog versteld doen staan.'

'Denkt u?' De verschrikte uitdrukking was uit haar ogen verdwenen, daarvoor in de plaats keek ze hem aan met een open, nieuwsgierige blik. Ze zag er nu ontspannen uit en begon na te denken over haar situatie. Dat ze lichamelijk niets mankeerde, was weliswaar een goed bericht, maar het verontrustte haar dat haar lichaam, zonder dat het ziek was, als het ware theater speelde.

'Simuleer ik dan?' vroeg ze de dokter.

'Nee, juffrouw Rega. Uw ziel spreekt via het lichaam.'

Dat vond ze weer een enge gedachte, dat een ziel, die anders onzichtbaar en stom was en aan het bestaan waarvan veel mensen twijfelden, zich door lichamelijke pijnen kenbaar maakte. Het consult was ten einde, ze liep de straat op, waar ondertussen alle lantarens brandden.

Bij de eerste de beste eetgelegenheid merkte ze dat haar lichaam, dat naar het zich liet aanzien niets mankeerde, te kennen gaf dat het honger had. Sinds gisteren had ze uit angst voor het consult geen hap meer door haar keel gekregen. Ze ging het café binnen en bestelde soep met leverballetjes. Het was nog vroeg in de avond en er waren maar weinig gasten. Ze zat alleen aan een tafeltje en lepelde de soep vergenoegd naar binnen. Ach, dacht ze met een zweem vrolijkheid, dat arme lichaam van me dat mijn ziel tot spreekbuis dient, moet nu ook eens aan zijn trekken komen! Als ijverige dienaar van deze gekwelde ziel heeft het veel te verduren. Zei mijn vader niet vaak tegen ons kinderen, eten houdt lichaam en ziel bijeen? Ik trakteer mezelf op een goede maaltijd. Ze glimlachte om die gedachte en bestelde nog een halve omelet en een salade. Ze verorberde de maaltijd met smaak. Plotseling had ze het idee dat ze door een heer aan een tafeltje boven bij de balustrade gadegeslagen werd. Ach, laat hem, dacht ze en at met een vastberaden gezicht verder.

'Zo mag ik het graag zien, juffrouw,' zei plotseling een bekende stem achter haar. Het was de dokter, die hier waarschijnlijk ook iets kwam eten. Hij knikte haar bemoedigend toe, zonder een zweem van spot, hij was blij te zien dat ze klaarblijkelijk een gezonde trek had.

Hij had zich weer teruggetrokken, zij keek naar zijn tafel, zag een zenuwtrek bij zijn mondhoek, ook kon hij zijn voeten en zijn handen niet stilhouden, hij dronk een glas wijn, waarschijnlijk zonder er iets bij te eten. Nu werd zijn onrust zo groot dat hij heen en weer begon te lopen op de nog lege entresol, ondertussen haalde hij een zakje tevoorschijn en begon te snuiven.

Over de werking van het poeder tastte Rega in het duister, ook onder de stamgasten van Stefanie was het nu in de mode geraakt coke te snuiven, het poeder werd in Schwabing op straat te koop aangeboden. Ik ben er beter aan toe dan de dokter, dacht ze. Is het niet indrukwekkend dat iemand die zichzelf heeft opgegeven anderen wil helpen? *Terwijl hij al met zichzelf in de knoop zit en inziet dat er geen weg terug meer is. Dat is veel, als iemand redden wil, terwijl hij zichzelf als verloren beschouwt,* zal ze later in haar verhaal 'Het consult' schrijven. Hij vindt het fijn dat zijn patiënt geen hopeloos geval is, misschien meent hij het eerlijk met de therapie? En misschien is het waar, zoals hij voorspelde, dat die een goede uitwerking op mijn schrijven heeft?

Thuis wilde moeder alles horen over hoe het consult verlopen was.

Rega liet niet veel los. Ze had niet zo veel zin om te vertellen dat haar lichaam ondanks de symptomen gezond was, dat kwam haar nu als schandelijk voor.

'Heeft hij je medicijnen voorgeschreven?'

'Nee.'

'Maar je zenuwen zijn toch niet in orde, zei hij dat niet?'

'Alleen mijn ziel is aangedaan, mama.'

Dat klonk mevrouw Ullmann onheilspellend in de oren, ze zuchtte.

Voordat ze in slaap viel probeerde Rega zich voor te stellen dat haar ziel huilde, vooral 's nachts, als de andere zintuiglijke indrukken op de achtergrond traden. Beelden kwamen in haar omhoog. Ze zag het kind, een bundeltje, zag de gezichten van de eenvoudige boerenmensen die ze het ter verzorging in handen moest geven. Moeders stem achter haar: 'Je hebt geen keus, Rega. Dat kun je niet aan, een kind, wil je dan dat je leven met twintig al voorbij is?'

6

In de Fendstrasse draaide mevrouw Ullmann voor de spiegel, de zware wintercape, die ze vorig jaar ook al gedragen had, bolde op. Toen zette ze een tulbandachtige hoed op en wierp een blik op de deur, waardoor ieder moment de naaister binnen moest komen, die in Schwabing bij zuinige klanten in trek was, omdat ze oude kleren met een paar handige veranderingen weer als nieuw maakte.

'Hoe vind je de hoed, Rega?'

'Van hoeden heb ik geen verstand,' riep de dochter uit haar kamer. 'Ik zal er nooit een opzetten.'

'Een dame draagt een hoed.'

'Ik wil geen dame zijn.'

'Wacht maar tot je, zoals dat zo mooi heet, aan de man komt! Je man gaat niet de deur uit met je als je geen hoed op hebt.'

Rega lachte. 'Voor mij dan geen hoed en geen man.'

'Spot er maar mee, kind. Na alles wat er gebeurd is. Laten we hopen dat zich spoedig een man aandient die met je trouwen wil.'

'Denk je? In ieder geval ga ik, terwijl jij met de naaister bezig bent, in mijn eentje naar café Stefanie.'

Soms kon Rega er niets aan doen dat ze een vinnige toon tegen haar moeder aansloeg. Ze was het beu alles met z'n tweeën te doen, ze zaten te dicht op elkaar in het kleine huis. Haar zus Helene was al vroeg het huis uitgegaan, maar Rega had de sprong nog niet durven wagen. Beide vrouwen verbeeldden zich dat de ander het zonder haar niet redden zou. Ach, die arme, gehandicapte, wereldvreemde dochter, dacht de moeder. En de dochter: moeder heeft zich opgeofferd en haar dochters alleen opgevoed. Nu is ze oud en mogen we haar niet in de steek laten.

Een huwelijk zou de situatie veranderd hebben. Ruim een jaar geleden leek zich een verbintenis af te tekenen, maar toen was het ongeluk gebeurd en waren moeder en dochter opnieuw tot elkaar veroordeeld.

Rega had graag haar leven in eigen hand genomen, maar hoe? Geld verdiende ze niet, ze teerde nog op de zak van haar moeder, die van een klein maandelijks weduwepensioen moest rondkomen. Ze wilde nu eindelijk iets worden, een schrijfster, wier boeken gedrukt en verkocht werden. Haar moeder zette zich samen met haar in voor dit doel, trots op het schrijftalent van haar dochter, koesterde ze zich in haar eerste bescheiden succes. Als de dochter ongetrouwd zou blijven, zo bedacht de moeder, zouden ze bij elkaar blijven wonen, ze hadden het gezellig, wat wilden ze nog meer.

Toen Rega de deur uitging, woei er een koude herfstwind. Pas in café Stefanie achter een kopje koffie, dat daar een 'kleine bruine' werd genoemd, kwam ze weer een beetje bij. Af en toe nipte ze van het donkere nat, aan iets anders wilde ze geen geld uitgeven. Veel bezoekers deden urenlang met een glas. Wie dat niet volhield, liet het bij kelner Oscar opschrijven. Oscar behoorde tot de inventaris van het café. Hij kende zijn pappenheimers, bezoekers die bij hem een streepje voor hadden, schoot hij soms geld voor.

Rega Ullmann nam woordeloos aan de drukte en de gesprekken deel, wie haar zo zag zitten met haar halfgeloken ogen, zou kunnen denken dat ze zat te doezelen. Maar het was de slaperigheid van een poes, die net doet of ze wat zit te soezen, maar in werkelijkheid iedere beweging en ieder geluid registreert. Het café was op dit uur nog niet erg vol, er waren maar een paar schaaktafeltjes bezet, alleen boven bij de biljarttafels was al wel enige drukte. Dokter Gross stond tussen Else Jaffé en Frieda Weekly aan de bar, Rega moest meteen denken aan het gerucht dat hij op beide zussen verliefd zou zijn, ze voelde bij die gedachte geen morele verontwaardiging, eerder nieuwsgierigheid te ontdekken wat de relaties elk voor zich zo bijzonder maakte. De liefdevolle tederheid van de rustige, klassieke Else en de kussen van de minder aristocratische Weekly met haar wipneus en haar kleine, cynische, hartvormige mond, die graag choquerende dingen zei? Vormden zij met echtgenote Frieda een trio? Frieda zou met hun zoontje apart wonen, zo werd gezegd, het echtpaar had een verdrag gesloten, dat beide partners hun onafhankelijkheid garandeerde.

Dokter Gross en Frieda Weekly hadden het café verlaten, Else Jaffé ontwaarde de jonge Ullmann alleen aan een tafeltje en ging bij haar zitten.

'Ik hoor dat u bij dokter Gross was. Hij heeft uw prozastukken van mij geleend, hij mocht ze toch lezen, niet? Hij is er zeer door geraakt, maar dat zal hij u bij gelegenheid zelf vertellen.'

'Dat doet me plezier.' Rega glimlachte. Opnieuw was ze onder de indruk van de fijnbesnaarde, vriendelijke en toch afstandelijke persoonlijkheid van Else Jaffé. Als ik zo was, dacht Rega, zou ik dan van de tegenslagen van het lot gevrijwaard zijn? Hoe was zijzelf dan? Ze wist het nauwelijks. Er was niet veel meer dan een dof gevoel van ontoereikendheid. De wetenschap dat haar lichaam niet precies deed wat zij wilde. Met tegenzin voerde het uit wat Rega's geest het beval. Wat moet het voor anderen onaangenaam zijn de traagheid van mijn bewegingen en mijn gedachtenstromen te verduren.

'Bevalt München u, Rega?'

'O ja!'

'Waar woont u met uw moeder?'

'In de Fendstrasse.'

'Mooi, dat is vlak bij de Engelse Tuin. Voor de winter komt, zouden we eigenlijk nog veel onder de bomen in hun herfstkleed moeten wandelen. Jammer dat ik morgen naar Heidelberg terug moet.'

Rega wist niet goed hoe ze op dat bericht moest reageren, ze vond het jammer dat ze Else Jaffé niet meer in het café zou zien en dat wilde ze haar op de een of andere manier zeggen.

Maar nu werden beide vrouwen afgeleid door het opgetogen stemmetje van een kind, het dikke gordijn voor de ingang bolde op, en als uit de huls van een vrucht kwam met maaiende bewegingen een jongetje tevoorschijn. Achter hem kwam zijn tierende moeder, met één hand de hoed op haar hoofd vasthoudend.

'Niet zo wild, Bubi!'

'Franziska von Reventlow,' zei Else zacht.

De mooie jonge vrouw bleef boven bij de bar staan en streek haar door de wind verwarde donkerblonde haren glad, toen trok ze het jongetje in zijn matrozenpakje mee naar het beneden gelegen deel van het café. Aan de tafeltjes keek men op, de jongen, schattig met zijn blonde pagekopje, hield zijn muts tegen de borst geklemd.

'Ach, die rotwind,' jammerde mevrouw Von Reventlow. 'In de Amalienstrasse woei Bubi's muts af, een voorbijganger heeft hem uit een plas gevist. Goed vasthouden hoor, Bubi!' Ze stond stil en liet haar parelende lach horen. Toen ze zich omdraaide, ontwaarde ze mevrouw Jaffé. 'Else!'

De beide vrouwen omhelsden elkaar, Else met enige reserve. Aan een tafeltje ernaast fluisterde een actrice een andere in het oor: 'Else heeft moeite met Franziska Reventlow. Ze weet tenslotte niet of haar rijke echtgenoot een belangenloze weldoener van de arme gravin is, of dat hij als tegenprestatie haar liefdesdiensten vraagt...'

'Je was in het ziekenhuis, Franziska?' vroeg Else Jaffé.

Gravin von Reventlow knikte. De lach maakte plaats voor een smartelijke uitdrukking. 'Ja, alweer. De operatie verliep nog ingewikkelder dan de eerste keer. Buikpijn. Ja, nog steeds. Zelfs het lopen gaat moeilijk.'

'Je was in het Josefinäum, niet?'

De gravin knikte. 'Twee volle weken. Ik miste Bubi heel erg. En jij miste mama, hè Bubi?'

Ze wilde het jongetje tegen zich aan drukken maar hij trok zijn hoofd weg, keek met grote ogen naar het stuk schwarzwäldertaart op het tafeltje ernaast en tetterde: 'Bubi taart!'

Zijn moeder sloeg er geen acht op en ging door met praten: 'Ik kan het me vanwege mijn kind niet permitteren ziek te worden, Else. Het is vechten om te overleven, ja. Daar hebt u gelukkig geen weet van.'

Else ging er niet op in. 'U doet toch nog vertaalwerk?'

'Er zijn de laatste tijd geen opdrachten meer binnengekomen. Ik heb glas beschilderd en een synopsis geschreven voor een boek met als titel *Pijn, morfine en glasbeschilderen*.

Dat ze 's nacht in bars werkt vertelt ze niet, dacht Else Jaffé. Ze zal zoals gebruikelijk haar nood bij mijn man klagen. Zoals zoveel mannen koestert hij grote bewondering voor haar.

Franziska Reventlow nam afscheid en trok haar kind mee naar een tafel achter in het café. Oscar wervelde, met zijn blad met glazen hoog boven zijn hoofd, om haar heen, 'Mevrouw wenst?'

'Een stuk schwarzwälder voor Bubi. En voor mij een kleine bruine.'

'Dat kind is alles voor haar,' mompelde Else. Toen wendde ze zich tot Rega. 'Ik houd ook van mijn twee kinderen, weet u, maar binnen bepaalde grenzen. Mevrouw Von Reventlow heeft de moed gehad zich van haar familie, die tot de lage adel behoort, los te maken en af te zien van haar rechten. Ze voorziet in haar eigen onderhoud, hoe dan ook, ze weet haar hoofd boven water te houden. Niemand weet van wie het kind is. Ze verafgoodt het. Haar vele minnaars komen op de tweede plaats. Ze viert het gewoonweg dat ze een buitenechtelijk kind heeft. Het is helemaal alleen van haar, geen aanspraken van vaderszijde.' Else nam een slokje koffie en zei toen lachend: 'Ludwig Klages noemt haar een heidense madonna. En Otto Gross vat het zo samen: "Ze geeft met haar moeder-kindidylle een signaal af. Zou de toekomstige moeder er niet zo uit kunnen zien?" Gross wijst het huwelijk en de daarmee verbonden patriarchale aanspraken af.' Else hield verschrikt op met praten, want de ogen van de vrouw tegenover haar stonden plotseling vol tranen. 'U huilt, Rega. Hoe oud bent u eigenlijk?'

'Tweeëntwintig.'

'Ach, nog jong. Ik hoop dat u het geluk van het moederschap beleven mag.'

'Ik heb al...' wilde Rega zeggen, maar er kwam slechts een snik over haar lippen.

De mensen waren inmiddels gewend geraakt aan de buitengewoon grote gevoeligheid van Rega Ullmann. Ze heeft hulp nodig, dacht Else Jaffé. Hopelijk stuit Otto Gross niet op weerstand bij zijn voornemen de jonge schrijfster in therapie te nemen. Toen van de andere kant van het tafeltje geen verdere reactie kwam, dacht

Else aan haar eigen belangen inzake het moederschap. Terwijl Rega haar neus snoot, glimlachte Else betekenisvol en wees op haar buik. 'Mijn twee kinderen gaan in Heidelberg al naar school. Nu komt er onverwacht nog een derde.'

Daar keek Rega van op. Onder de plooien van de haast Grieks vallende kleding had ze geen zwangerschap vermoed. 'Komt het gauw?'

'Over drie maanden, met kerst, zegt mijn dokter in Heidelberg. Daarom ga ik morgen naar huis.'

'Uw man – zal daar wel heel blij mee zijn?'

Elses donkere ogen keken ernstig. 'Edgar Jaffé weet dat dit kind niet van hem is. Het is u misschien nog niet ter ore gekomen: we leven sinds enige tijd gescheiden…' Ze stond op en nam met ongebruikelijke hartelijkheid afscheid van Rega. 'Wij blijven verbonden, Rega, door uw teksten bent u me zo vertrouwd.'

Toen ze weg was, werd Rega overspoeld door verdrietige gedachten. Mijn kind. Het meisje Gerda. Ze is nu ruim een jaar, schenkt vreemde mensen haar eerste lachje, oefent aan de hand van een vreemde haar eerste stapjes. Voor haar geen zegevierende moedergevoelens, vrij en fier, zoals bij Franziska Reventlow. Hoe is dat toen allemaal zo snel gegaan?

Het kost haar nog steeds moeite te begrijpen hoe alles zo gelopen is, het lot had destijds met onbehoorlijke snelheid een val opengezet voor de langzame, bedachtzame jonge vrouw.

7

Het kind Gerda, vrucht van één enkele, niet eens gelukkige liefdes-
nacht?

Twee jaar daarvoor in Wenen hadden Rega en haar moeder
zich verheugd in het weerzien met Erika Rheinsch. Erika, classica
en aankomend dichteres, had samen met Rega in München een
poëziecursus gevolgd en had haar vriendin sindsdien gestimuleerd
in haar schrijfpogingen. In 1902 was ze getrouwd met Hanns
Dorn, doctor in de economie, een verbintenis die met wederzijdse
instemming in 1905 alweer ontbonden was, hoewel de scheiding
pas een jaar later werd uitgesproken. Dorn, toekomstig professor in
de economie, sprak openlijk over de rechten van de vrouw en had
samen met zijn vriend Othmar Spann de *kritischen Blätter für die
gesamte Sozialwissenschaft* uitgegeven. Erika en poëzieliefhebber
Spann hadden elkaar op de redactie ontmoet en waren van elkaar
gaan houden, het was een soort zielsverwantschap. Hanns Dorn
leek de grote liefde van zijn echtgenote gelaten te aanvaarden,
wellicht kwam de hervonden vrijheid de carrièregerichte man wel
goed uit. Zijn gescheiden vrouw bracht hem, als troost, met haar
jonge vriendin Rega Ullmann in contact. De jonge mensen gingen
gevieren uit, vermaakten zich in het Prater, bezochten concerten

en theatervoorstellingen, want de heren waren gesteld op cultuur, ze kwamen allebei uit gegoede burgerlijke families.

Op foto's uit die tijd draagt Rega een witgestippelde donkere jurk, haar gezicht ziet er ontspannen uit, haar lippen zacht. Haar moeder droomde van een dubbelhuwelijk, want de vriendin en haar vriend hadden al een huwelijksdatum vastgesteld. Waarom zou Dorn niet als reactie hierop voor Rega kiezen? Haar dochter was misschien geen schoonheid, maar ze had toch de bekoorlijkheid van de jeugd, ze zag er zo lief uit, zoals ze aan de arm van haar aanbidder in haar zwierige zomerjurk naar het concert ging. Ook boven het landschap van haar innerlijke wereld was de donkere, dreigende hemel opgeklaard, er waren overal lichte vlekken, lenteachtige wolken boven Wenen. Haar moeder constateerde verheugd dat Rega haar vaak mokkende, stugge manier van doen had afgelegd, opbloeide in het gezelschap van leeftijdsgenoten.

Was Hanns Dorn Rega's grote liefde? Niet echt. Ze voelde zich door Hanns en zijn vrienden opgenomen, met hen ontkwam ze aan de eeuwige begeleiding van de moeder, die haar dochtertje niet in haar eentje in de grote stad ervaringen liet opdoen. Met Hanns kon ze urenlang praten, ze ontdekten overeenkomsten, hij noemde haar zusje. Maar al te goed begreep hij dat de twintigjarige vrouw zich zo langzamerhand van haar moeders nabijheid wilde bevrijden en op eigen benen wilde staan.

'Ik weet dat jij en Hanns *de grens* kennen,' had haar moeder gezegd toen ze twee dagen op reis ging. De grens? Waar lag die dan, tot welk land ontzegde hij de toegang?

Hanns kwam 's avonds op bezoek, wilde haar absoluut ook 's nachts beschermen. 'Zusje, nee, je kunt me niet wegsturen.' En dus bleef hij. Zachtjes droeg hij haar die nacht over de door haar moeder verboden grens.

Broertje en zusje. Incestueuze liefde. Een paar weken later ontdekte Rega dat ze zwanger was.

Haar moeder was in alle staten. Hanns was intussen, alsof hij het onraad geroken had, uit Wenen vertrokken, mevrouw Ullmann stond erop dat Rega hem per brief van haar toestand op de hoogte bracht. 'Dorn is een fatsoenlijke man. Hij zal met je trouwen.'

De brief die hij haar terugstuurde met de aanhef *Mijn lief, lief zusje* was ontnuchterend. Hij wist dat de wet en de goede zeden geboden dat hij tot het vijftiende of twintigste levensjaar de materiële zorg voor het kind op zich zou nemen. *Ik erken de wet en de goede zeden hier echter net zo min als bijvoorbeeld in het geval van echtbreuk,* zo schreef hij. *Ik voel het niet als plicht. Ik weet dat jij dat ook niet van mij verlangt. Maar je moeder zal dat ongetwijfeld vroeg of laat wel doen. Om een openlijke ruzie te vermijden zou ik misschien – misschien! – uiteindelijk ook toegeven. Maar dan zou ik het altijd als een innerlijke dwang ervaren, en dat zou tot het gevoel leiden, 'dat ik nooit hebben mocht' (zoals jij me eens zei), dat ik er spijt van had en het liefst wilde dat het allemaal nooit was gebeurd.*

De andere mogelijkheid: dat jij alleen voor het kind zorgt en verantwoordelijk bent. Jij helemaal alleen, als was het alleen jouw kind. Lief, lief zusje! Je moet niet verdrietig zijn! De laatste keer heb je me gezegd dat je niet tegen me liegen kon. Kijk, ik kan ook niet tegen jou liegen. Je weet: ik wil nog lang geen kind. Ik ben pas aan het begin van mijn ontplooiing. Jij staat ook pas aan het begin. Maar voor jouw ontwikkeling zal het kind alleen maar heilzaam zijn en weinig beperkingen geven.

Mij zou het verstikken, of beklemmen. Dat heeft niet slechts te maken met de verschillende manieren waarop we in het leven staan, maar alleen al met het feit dat jij een vrouw bent.

Je staat nu nog niet op eigen benen. Hoe eerder je dat lukt, hoe beter, omdat ik je pas dan als zusje liefhebben en hoogachten kan, als je deze kracht op jezelf bevochten hebt – als ik zonder enige bitterheid aan de tijd van onze liefde kan terugdenken.

Ik wil de geldelijke zorg voor het kind drie jaar op me nemen. Maar neem nu al het besluit dat je, wanneer je over drie jaar vrij zult zijn, zelf de zorg op je neemt, ten opzichte van wie ook. (…)

Ik groet je en kus je,

Je trouwe broertje

Een man voor wie de tijd van liefde met de jonge Rega al tot het verleden behoort. Een man die in het voorjaar in Berlijn op de jaarvergadering van de Bond van Vooruitstrevende Vrouwenverenigingen nog over de rechten van de vrouw en de rechten van het ongeboren kind had gesproken, maar deze uitspraken voor zijn eigen privéleven niet serieus neemt! Mevrouw Ullmann stond er alleen voor met haar in de steek gelaten zwangere dochter, de ontzetting was groot.

Rega's moeder werkte een gedetailleerd plan uit om het ongelukje te verdoezelen. Haar dochters eer stond op het spel, want met een onwettig kind was het niet waarschijnlijk dat ze nog aan de man kwam. In alle verborgenheid werd de zwangerschap op het platteland van de Stiermarken voldragen, het kind kwam op 23 januari 1906 anoniem in Wenen ter wereld en werd als onwettig aangegeven. Toen keerden ze terug naar Admont in de Stiermarken, waar het meisje Gerda ter verzorging werd afgestaan aan eenvoudige boerenmensen. Daarna pakten moeder en grootmoeder de draad van hun gewone leven in München weer op.

Rega was halfdood van schaamte en verdriet. Zij beroofde zich op bevel van de oude mevrouw Ullmann van de vreugde van het moederschap, en het kind van zijn moeder. Zij had iets ter wereld gebracht wat meteen uit haar leven verwijderd moest worden.

Zij, de gevoelige vrouw, zou zich nooit meer heel voelen.

8

In café Stefanie zag dokter Gross vanaf de bar dat de jonge Rega Ullmann deze zaterdag zonder haar moeder was gekomen. Zoals altijd leek ze achter haar geloken oogleden in een leegte weggezonken. Hij vroeg zich af wanneer dit innerlijke terugtrekken begonnen kon zijn. Tijdens het consult had hij een glimp van haar levensgeschiedenis opgevangen: als in een bliksemflits lichtte even het portret op van een dromerig kind, dat iets achter leek in haar ontwikkeling.

De schrijfster Regina Ullmann beschrijft dat later in het verhaal 'Het meisje' als volgt: *Onhandig ben je op het onbeholpene af, tot in het diepst van jezelf in slaap,* en even verder: *zonder liefde ben je, hoewel je geduldig bent en bijna goed. Want de liefde heb ik in jou, toen de lente op haar hoogtepunt was, gedood. En zonder liefde kan een mens niet werkelijk leven.*

De psychiater wist hoe groot haar nood was, hij was geraakt door haar zelfverloochening en de subtiele manier van afhankelijkheid, die hij uit zijn eigen leven maar al te goed kende. Ook Otto Gross, in 1877 geboren als de zoon van de alom vermaarde misdaadpsycholoog Hans Gross, staat zijn leven lang in de schaduw van een oppermachtige ouder.

De avond moest nog beginnen op deze zaterdag in café Stefanie. Gross liep naar Rega's tafeltje. 'Rega, gaat u mee! We houden een atelierfeestje!'

'Ja, komt u met ons mee,' drong Lotte Pritzel achter de rug van de arts aan. Ze had al een bontgekleurde sjaal om en een wollen muts op.

Er bleef Rega weinig anders over, spoedig stond ze met haar jas aan buiten op straat en liet zich meetrekken. Een bont gezelschap gasten van café Stefanie bewoog zich lawaaierig door de straatjes. Het was net winkelsluitingstijd, hier en daar werden ratelend de ijzeren hekken naar beneden gelaten. In de nog geopende deur van de kapperszaak stonden twee jonge meisjes met witte schorten. Erich Mühsam kende de meisjes. Hij liep op hen toe en vroeg hen met klem ook mee te gaan. Ze lachten, gooiden hun schorten naar binnen en sloten zich aan. Rega liep naast de knappe Emmy Hennings, die Gross een arm had gegeven. In een van de smalle huizen liepen ze een krakende houten trap op naar de zolder. Lotte Pritzel ging voorop, opende een van planken getimmerde afscheiding en ontsloot de deur van haar atelier. Ze gingen op stoelen en kussens zitten rond een zware hutkoffer, waarop nu kaarsen werden aangestoken, in het schijnsel fonkelden glazen en flessen groenig. Rega had zich in een van de rieten korfstoelen laten vallen, vanuit de diepte keek ze het atelier rond. Grote poppen, als in de etalages van modewinkels, blikten star op de bezoekers neer. Op een schildersezel stond een onaf olieverfschilderij van een vrouwelijk naakt.

'Ken je haar?' fluisterde Emmy uit de stoel ernaast.

'Marietta?'

'Ja, Lotte's geliefde.'

'Maar ze houdt toch van Mühsam en van de jonge matroos?'

'Ze houdt van allemaal.' Emmy giechelde.

Mühsam zat op de canapé tussen de twee kapstertjes in, met wie hij zich wat graag wilde onderhouden, maar Gross trok hem in een politiek dispuut. Langzaam kon Mühsam zich aan de discussie onttrekken, door hem steeds minder tegen te spreken, uiteindelijk was alleen Gross nog aan het woord. Met grote felheid bereed hij zijn stokpaard, het moederrecht zoals bedoeld door de Bazelse antropoloog Bachofen, die iedereen volgens hem beslist moest lezen. Zoals altijd als Gross begon te doceren, staakten de gesprekken en luisterde iedereen ademloos toe. Gross, met zijn Stiermarkse accent, was een welbespraakt redenaar, zijn smalle hoofd knikte mee op het ritme van zijn woorden en deed aan de kop van een vogel denken. Gross had iets priesterlijks over zich zoals hij daar stond, zich in zijn handen wreef en zijn woorden betekenis gaf. 'Vrienden, de revolutie van de toekomst is een terugkeer naar het moederrecht! Deze ware revolutie zal vrouw, vrijheid en geest met elkaar verbinden! De verhouding tussen de geslachten moet weer zuiver worden, vrij van macht en onderwerping, van verdrag en gezag, van huwelijk en prostitutie…'

Tijdens zijn betoog stokte zijn stem steeds ergens, als zat er een foutje in het weefsel, als wist hij even niet hoe hij verder moest gaan of als zocht hij naar een betere uitdrukking. Dat riep spanning op, dwong om nog beter te luisteren.

Toen Gross klaar was met spreken, ging er een fles wodka rond. Lotte Pritzel deed een klein ivoren doosje open. De gasten bedienden zich. Op de lage sofa namen de kapstertjes met spitse vingers een snuifje van het poeder en stopten het giechelend in elkaars neus. Er was een beetje van de witte sneeuw op de hutkoffer gevallen, Mühsam boog zijn krullenbol en likte het op met behendige tong.

Gross begon weer te spreken. Het was niet makkelijk hem te volgen, zijn gedachtegangen waren ingewikkeld en menigeen hoopte zich er niet in te verliezen. Na enige tijd gaven de meesten het op. Maar dat konden ze beter niet laten merken, want Otto Gross was zeer gevoelig en gauw op zijn tenen getrapt als zijn wereldverbeterende gedachten niet de nodige aandacht kregen. Het luisteren viel Erich Mühsam zeer zwaar, hij viel bijna in slaap, zijn blik was leeg in het baardige gezicht. Als er een vrouw naast hem had gezeten, zou ze zich verplicht hebben gevoeld hem te kroelen, zozeer leek hij op een bedroefde beer. Mühsam was verslaafd aan vrouwen, er moest altijd geknuffeld worden, er deden allemaal grappen de ronde over zijn onverzadigbare sekshonger. Hij wil zo graag en kan het niet, werd er gezegd. Geen vrouw die hij wilde, wilde hem en als er eindelijk eentje wilde, kon hij niet, want dan had hij weer eens een druiper!

Toen Gross uitgesproken was, kwam er leven in het gezelschap, men strekte de benen, vormde paren, sommigen begonnen te flirten. Wederom gingen de fles en het poederdoosje rond. Op de canapé streelde het blonde kapstertje Mühsams rode baard, hij zat dankbaar stil, hoewel de kleine rode aan zijn linkerzijde meer naar zijn smaak was, maar die was van het snuiven onwel geworden, ze zat er apathisch bij, met glazige ogen.

9

Te midden van het feestgedruis zag Gross de jonge Rega Ullmann diep in haar korfstoel zitten, een buitenstaander, een vreemde.

Wat een onmogelijke jurk heeft ze aan, dacht hij, vast door een of andere plattelandsnaaister gemaakt, allang uit de mode of nooit in de mode geweest. Ach, wat doet het er ook toe, ze is zoals ze is. In plaats van zo'n dom handtasje, zoals die nu bij vrouwen in de mode zijn, heeft zij een bonte boerenzakdoek om haar spulletjes gevouwen en aan de bovenkant dichtgeknoopt. Ze heeft een eigenaardig gezicht, het lijkt wel uit hout gesneden, naïef ergens, en toch zijn haar ogen, die ze soms wijd openspert, vol ervaring en intensief leven. Ze interesseert me. Iets aan haar is onafhankelijk, buiten de moederschaduw gebleven, alsof een deel van haar afgesplitst en gevlucht is. Lichaam en geest zijn niet in harmonie, dat maakt haar kwetsbaar en roept beschermende gevoelens op. Schatten moeten in haar verborgen zitten, die ze ook zelf niet kent, een behoedzame therapie zou ze boven water kunnen halen.

Rega in haar diepe stoel heeft geen idee van de overpeinzingen die ze bij Gross losmaakt. Ze schrijft in gedachten aan een gedicht en krimpt ineen als Lotte Pritzel zich naar haar toe buigt: 'Ben je altijd zo stil, Rega? Ik hoor dat je schrijfster bent, wil je ons niet een verhaal vertellen? Over de bergen misschien, waar je vandaan komt? Ik hoor je graag spreken.'

Verstijfd zit Rega in haar stoel. Ze drukt haar handen tegen haar borst en ademt aan tegen haar angst zich in deze kring bloot te geven.

'Begin dan,' dringt Lotte aan.

Rega gaat rechtop zitten. Met een dun, breekbaar stemmetje begint ze te vertellen, een verhaaltje over herders. Het wordt stil in het vertrek, iedereen luistert. Eerst is er verbazing, moet iedereen een beetje glimlachen, omdat Rega's taal zo wonderlijk stug en kelig klinkt, alsof iemand een oude, roestige schatkist heeft opengemaakt. Maar dan raakt haar tong losser, dringen de woorden vrij naar buiten. De taal die ze spreekt klinkt als een vreemd ritmisch zingen, dat de toehoorders in slaap wiegt, in trance brengt. In het flakkerende kaarslicht krijgen de figuren vlees en bloed, werpen schaduwen op de muur, de toehoorders zitten niet meer bij Lotte Pritzel in de kamer, maar verwijlen tussen de herders.

Het verhaal is uit, maar trilt nog na en de aanwezigen zwijgen in de hoop nog een keer in vervoering gebracht te worden, meer te horen.

'Meer, Rega!'

Maar het verhaal is uit. Het was inspannend en Rega moet even frisse lucht halen bij het open raam. Diep onder zich ziet ze een van die zwak verlichte, nauwe straatjes van Schwabing. Daar is ook, in het helle schijnsel van de maan, een stuk van de oude muur van het kerkhof met daarachter een paar kruizen.

Otto Gross is naast haar komen staan. 'Wat een sterrenhemel!'

Ze knikt.

Hun blikken volgen de door het maanlicht beschenen wolken. Van achteren zien de sterrenkijkers eruit als samenzweerders, ze slaan geen acht op het gefluister achter hun rug: wat heeft Gross met die niet echt aantrekkelijke Rega Ullmann? Hij heeft zelfs Emmy met haar blonde pagekopje voor haar laten zitten. Die is daar geïrriteerd over, zoekt troost op de canapé bij Mühsam.

'Ik ga nu,' zegt Rega. Gross loopt met haar mee. Woordeloos als twee mensen die aan het maanlicht verslaafd zijn, lopen ze naast elkaar door de koele straten. Eén keer wankelt haar stap, als liep ze op ijs. Gross geeft haar een arm. Zij ziet de beruchte Gross op haar eigen manier, anders dan de anderen. Ze heeft zo haar eigen kijk op hem, herkent zijn wezen van binnenuit. Bij haar hoeft Gross zijn ideeën niet te verdedigen. Een voor een verstommen de vreemde stemmen in haar. Een voor een, met elke pas één, blijven de vreemde beelden weg.

Voor de deur van de Fendstrasse 6 zegt ze dat ze alleen naar binnen wil.

'Goed,' zegt hij. 'Morgen beginnen we met de therapie. Zegt u dat tegen uw moeder. Zegt u haar dat ik van nu af aan veel bij u ben.'

10

Moeder Ullmann stemde in met de therapie. Gross genoot als psychotherapeut aanzien bij de gasten van café Stefanie en het was haar duidelijk dat Rega hulp nodig had.

Ze begroette de arts in de hal, bracht daarna koffie in de kamer van haar dochter. De arts verzocht haar de kamer zolang als de therapie duurde niet meer te betreden. Toen ze hem verbaasd aankeek, zei hij dat hij vastbesloten was haar dochter te genezen. Ze was een oertalent, putte uit visionaire diepten. Grote dingen waren van haar te verwachten als zijn therapie erin zou slagen haar genie te bevrijden.

Moeder Ullmann leek het te begrijpen. Vooral het woord 'genie' maakte indruk.

Gross zei verder dat een therapie heel hard werken was en wel weken duren kon. Hij vroeg mevrouw Ullmann om een sleutel van het huis, vanwege de intensiteit van de therapie moest hij dag en nacht toegang hebben.

De volgende dag stond hij alweer op de stoep. De therapie boezemde Rega angst in, de arts stelde vragen, waarop ze niet of alleen indirect antwoordde. Urenlang worstelde hij met al die vage antwoorden. Het was maar een klein kamertje, meestal zat hij op een stoel naast haar bed, waarop zij zich op zijn verzoek had uitgestrekt.

'Dat is de beste positie om je aan de demonen over te leveren,' zei hij.

'Wat voor demonen?' vroeg zij.

'Behulpzame tempelgoden, zij bewaken de toegang tot je zelf.'

Als Rega niets meer uit zichzelf naar voren brengt, begint Gross te praten. Urenlang, in eindeloze lussen, in steeds terugkerende uiteenzettingen. Hij raakt opgewonden, als moest hij zijn theorieën voor een vijandige vakcommissie verdedigen, zijn zinnen zijn doorspekt met uitdrukkingen die Rega niet begrijpt.

Ze luistert. Houdt stand in de jagende sneeuwstorm van woorden. Soms plakt een woordvlok tegen haar hals, hij smelt op de warme huid, laat alleen een vochtig plekje achter. Terwijl hij zo voortdurend aan het woord is, kijkt ze in zijn ogen. Ziet zijn passie, zijn geloof in haar genezing.

Hij vangt haar blik op. 'Ik doe er alles aan om je te helpen, Rega.'

Ze knikt.

Dag en nacht vervloeien.

De talloze uren voor het inktzwarte venster, die haaks staan op haar leven tot dan toe, op het leven met haar moeder. 'Rega, wie ben jij?' – 'Je moet je eigen zelf vinden.'

Na een tijdje wordt Gross onrustig en gaat in de vensterbank zitten tekenen. Ze hoort het krassende geluid van het potlood op het papier, de wonderbaarlijke compositie hangt hij in de gang aan de muur.

Wally, de jonge hulp in de huishouding, mag niet in de therapiekamer komen. Rega en haar moeder moeten, als Gross weg is, zelf opruimen en schoonmaken, haar moeder staat hoofdschuddend voor de tekeningen en vindt de opeenhopingen van gearceerde strepen helemaal niet grappig.

'Vind jij het mooi, Rega?'

Haar dochter trekt haar schouders op. 'Hij is een genie.'

'Wat moet het dan voorstellen?'

'Waarschijnlijk niets.'

'Niets? Is dat niet wat weinig?'

'Moet alles dan iets betekenen, moeder?'

In de oren van de oude mevrouw Ullmann klinkt dat snibbig. Verontrustend is die nieuwe, overmoedige dochterlijke toon. De moeder zucht. 'Rega, de dokter is lang en tot diep in de nacht bij je. Ik hoop dat je de *grens* kent en je daaraan houdt?'

Een keer, op een van die tijdloze nachten, klopt Rega's moeder in ochtendjas boos op de kamerdeur. 'Het is drie uur in de morgen, ik vind dat een hoogst ongepaste tijd voor therapie!'

Gross doet de deur open, zegt uiterst hoffelijk dat hij haar eraan herinneren wil dat ze hadden afgesproken dat mevrouw Ullmann zich er op geen enkele manier mee zou bemoeien. Hij verzoekt haar dan ook met klem zich daar ten behoeve van haar dochter aan te houden.

De voetstappen van de moeder verwijderen zich in de gang. Rega veegt een traan uit haar oog.

Gross ziet het, zucht en zegt dat het hem ook zwaar valt zijn vader uit zijn leven te bannen. Al zijn dagelijkse verrichtingen zijn een rebellie tegen dit patriarchale principe, dat hij steeds meer overal herkent en dat verantwoordelijk is voor de misstanden in deze wereld. Maar juist door die strijd blijft de vader voor hem steeds aanwezig. Hij, de zoon, moet leren het anders te doen: de vader negeren, uiteindelijk vergeten.

Ze heeft nu, terwijl hij dit zegt, haar ogen wijd opengesperd, als luistert ze met iedere vezel.

'Een vadervergiftiging, Rega. Je zou die machtige man moeten kennen: een internationale beroemdheid in dienst van de criminalistiek. Een reusachtige verzamelaar van feiten. Zijn ordners puilen uit, zijn belezenheid is fabelachtig, hij bespreekt boeken in het tijdschrift *Archiv*. Een vlijtige man, die altijd weet wat goed en fout is. Die strijd voert tegen alles wat overdreven en extravagant is, alles wat zogenaamd pervers is! Stel je voor, criminelen en homoseksuelen wil hij deporteren naar een eiland in de Adriatische Zee, om de wereld, zoals hij dat zegt, van deze schadelijke individuen te bevrijden! Er is ook een grappige kant aan het verhaal, Rega. Uitgerekend zijn enige zoon bezoekt tweemaal per jaar op het eiland met de geplande strafkolonie het nudistenstrand! Ik, het enige kind, hoor steeds meer bij de door de vader als menselijk uitschot bestempelde groep!'

Gross is uitgeput. Hij stopt in ieder neusgat een snuifje van zijn cocaïne. Zegt dan nog: 'Ik ben bang dat mijn vaders haatliefde mij tot de eeuwige zoon maakt, ik word zijn levende "tegen-ik", begrijp je dat, Rega?'

Ze knikt, glimlacht verdrietig.

Rega heeft Gross van meet af aan in haar wereld opgenomen, ze neemt hem op haar eigen wijze waar. Ze heeft een eigen gezichtshoek, eigen ideeën over wat van waarde is en wat niet.

Voor de stamgasten van café Stefanie is dokter Gross nog steeds de tovenaar, die op de hoge berg van zijn macht de mensen in hun ziel kijkt. Innovatieve plannen ontwikkelt voor een betere mensheid. Voor Rega is hij een man die door het leven geslagen is, zij heeft weet van zijn innerlijke krenkingen. Hij is zich ervan bewust hoe slecht het met hem gaat, en toch doet hij moeite Rega te redden, dat raakt haar.

'Wat moet je toch met haar?' zeggen zijn vrienden, die hem missen in het café. 'Ze is de moeite niet waard, laat haar toch, je verspilt je tijd.'

Hij weet wel beter. Rega is een van die geniale mensen, die onverstoorbaar vasthouden aan de eigen aangeboren aard. Ze is een van die kunstzinnige mensen die, zo zal hij later in *drei Aufsätzen über den inneren Konflikt* schrijven, het wezenseigene nooit helemaal kwijt kunnen raken; van jongs af aan scheppen ze voor zichzelf een afgesloten ruimte. De omgeving brengt daar vrijwel nooit begrip voor op, dit soort mensen is niet bestand tegen de eisen van de maatschappij. Zo ontstaat onvermijdelijk het innerlijke conflict tussen het 'eigene' en het 'vreemde'.

'Deze innerlijke verscheurdheid die jij voelt, Rega, daar is de hele mensheid van doortrokken.'

'En? Wie kan die genezen?'

'De therapeut zou het hele maatschappelijke bestel moeten veranderen.'

'En dat betekent voor mij?'

'Rega, jij hebt een heel eigen, trage manier van reageren. Je bent zo langzaam, je moet zo naar woorden zoeken, omdat ze uit de diepte van je onbewustzijn komen. Als je dat erkent, zul je prachtige verhalen schrijven.'

Zulke zinnen breken het wolkendek in haar open, laten zonlicht binnen.

Zo verstrijken de dagen.

Soms is het de therapeut die zijn ziel blootlegt, die aan deze patiënt meer over zichzelf vertelt dan aan wie van zijn vrienden ook.

Hij gaat steeds opgewondener praten, als moet hij zich verdedigen. Springt plotseling op, zoekt in zijn jaszak naar het zakje met poeder.

'Moet je alweer snuiven?'

Hij knikt heftig. 'Ik moet de dosis verhogen om de therapie te kunnen volhouden.'

Als hij weer wat bedaard is, vertelt hij over Nietzsche. Die schrijft over een toekomstmens, die zijn constant hoge concentratie kan vasthouden, een geweldig gevoel. Dat is wat hij ook wil, al lukt hem dat voorlopig alleen door middel van de cocaïne.

Hij zit op zijn stoel, ze ziet zijn door het snuiven ontstoken neusgaten. De leeftijdsloze, eeuwige jongeling heeft haar liefde en aandacht nodig. 'Heb je nooit serieus geprobeerd van de drugs af te komen?'

Hij beschrijft haar hoe hij verschillende pogingen ondernomen heeft, met wisselend succes. In 1902 in Zürich. Vier jaar later samen met zijn vrouw Frieda in Tessin.

II

Om een gezond kind te kunnen verwekken deed Otto Gross in 1906 een ontwenningskuur in het boven Ascona gelegen sanatorium Monte Verità.

Kort daarvoor had hij nog in Graz onder invloed van hoge doses cocaïne zijn inzichten op het gebied van de psychoanalyse in vier dagen en vier nachten opgeschreven, zijn vrouw liet in eigen beheer een brochure van 32 bladzijden drukken die vooral zijn tegenstanders onder ogen diende te komen. Na deze grote inspanning kwam hij tamelijk uitgeput samen met Frieda op de Monte Verità aan.

De Berg van de Waarheid was rond de eeuwwisseling, niet in de laatste plaats door de publicaties van Erich Mühsam, bij kunstenaars, anarchisten en wereldverbeteraars in heel Europa bekend geworden. In 1899 richtte Henri Oedenkoven, zoon van een Antwerpse industrieel, met zijn vriendin Ida Hofmann een natuursanatorium op, een bolwerk tegen de onwaarachtige civilisatie: ze zijn allebei tegen het huwelijk, korsetten, spelling en gebraden vlees op zondag. Ze onderwerpen zich alleen, zoals ze in een brochure stellen, aan de wetten van de natuur, willen een herstellingsoord voor de toekomst stichten gericht op genezing van de aanbrekende twintigste eeuw. Een verwilderde heuvel boven Ascona met uitzicht op het Lago Maggiore was de ideale plek voor een sanatorium voor vegetabilisme. Op de heuvel, die eigenlijk Monte Monescia heette, had een volksvertegenwoordiger uit Tessin al jaren eerder een theosofisch klooster willen oprichten met de naam Fraternitas. Nu liet Oedenkoven een hoofdhuis bouwen, omgeven door primitieve houten hutten en een luchtbad. De mannen van de kolonie droegen wijde broeken tot over de knie, linnen jasjes à la Tolstoi, jezussandalen. Hun lange haar werd door een band om hun voorhoofd bijeengehouden. De vrouwen droegen reformjurken zonder korset. Bij het luchtbad lag men in adams- of evakostuum in de zon, ook het werk op het land werd met alleen een lendendoek om verricht. Het herstellingsoord, vanaf 1902 droeg het de naam Cooperativa Monte Verità, werd al snel door kunstenaars, wereldverbeteraars, anarchisten en politici bezocht.

Op de eerste avond had Frieda zich al vroeg in de hun toegewezen hut teruggetrokken, Mühsam hield Otto Gross tegen, hij wilde hem het nachtelijke dansen op de helling van de Monte laten zien. Het was lenteachtig zacht. Ze daalden af naar een weide in het bos, die op de Monte de Parzivalwiese heette, een magische driehoek, door bloeiende wildekersenboompjes en elzen omzoomd. In het bos stonden kastanjebomen te ruisen met hun jonge blad, de maan dompelde de omgeving in een spookachtig licht. Op de weide begonnen mannen en vrouwen te dansen, de mannen met alleen een lendendoek om, de vrouwen waren naakt onder hun doorzichtige sluier.

Otto sloeg het geheel gefascineerd gade. Daar was het dan, zijn van morele codes bevrijde Arcadië, waarvan hij altijd had gedroomd.

De dansers bewogen los van elkaar, vol overgave en expressie. Als twee mensen elkaar ontmoetten, glimlachten ze naar elkaar, gaven elkaar kort een hand, lieten elkaar weer los. Gross dacht dat de voortschrijdende zuidelijke nacht de paren nog wel zou verleiden tot zinnelijker gebaren. In ieder geval had hij zin om ook te dansen. Hij haalde een van de jonge vrouwen die als toeschouwers langs de bosrand gehurkt zaten en trok haar mee het gras op. Op de klanken van de muziek zette hij een dans à deux in, pakte het meisje bij haar middel en begon met het slanke vrouwenlichaam ritmisch te bewegen. Toen hij het meisje dichter tegen zich aan wilde trekken, gaf ze een gil en schoot een spervuur van scheldwoorden op hem af. Onmiddellijk verstomde de muziek, de Monte Veritaner verstarden ter plekke tot zoutpilaren.

Een dansmeester, die Gross tot dan toe niet had opgemerkt, trad naar voren met Ida Hofmann, de oprichtster, aan zijn zijde. Mevrouw Hofmann hief haar arm met de wijde mouw op en wees hem, als een bestraffende engel, uit het paradijs. Hij was hier zeker voor het eerst? In ieder geval had hij er niets van begrepen!

Daarna gaf Rudolf von Laban, de dansmeester, hem een lesje: het ging bij het dansen om de beweging zelf. De naaktheid betekende niets provocerends, het lichaam volgde in de beweging een innerlijke ordening en noodzakelijkheid!

Beschaamd en teleurgesteld ging Gross op een boomstronk aan de bosrand zitten. Mühsam, die dit alles wel kende, moest onbedaarlijk lachen en citeerde uit een, zoals hij dat noemde, alcoholvrij drinklied van eigen hand:

'We haten vlees, ja we haten vlees/en melk en eieren en minnen kuis./ Lijkenvreters zijn dom en rauw,/varkenskoppen evenzo./ We haten vlees, ja we haten vlees,/en melk en eieren en minnen kuis.'

Otto en Frieda verbleven een aantal weken in het Kurhaus op de berg, Otto deed er alles aan om van zijn drugsverslaving af te komen, ging 's morgens in alle vroegte op blote voeten dauwtrappen, nam luchtbaden, luisterde naar Oedenkovens voordrachten over een gezonde manier van leven. De sobere maaltijden vielen hem niet zwaar, aangezien hij van jongs af aan geweigerd had vlees te eten.

's Avonds in de houten hut, bij de schreeuw van de uil, deed hij samen met Frieda zijn best om ook het tweede doel van het verblijf in het Kurhaus te vervullen. Toen hij meende van zijn drugsverslaving genezen te zijn, verliet hij de asceten op hun berg en ging naar het dorp beneden, waar het er minder orthodox aan toeging. 's Avonds genoot hij op een bank aan het meer van Ascona met Frieda van het licht dat op het water en de berghellingen speelde.

In een smoezelige hotelkamer deed hij wederom pogingen Frieda te bezwangeren. Terwijl hem dat bij andere vrouwen, bij wie het niet de bedoeling en niet welkom was, maar al te goed afging, kostte het bij Frieda hardnekkige inspanning. Zijn vrouw was maisblond, had stevige benen en een geprononceerde neus, ze was met zulke weelderige en moederlijke vormen uitgerust dat een zwangerschap haar lichaam misschien als puur overbodig voorkwam.

Al snel vormde zich op de berg en in het dorp een kring om Otto Gross, sommigen hoorden in de woorden van de dokter in Ascona alleen een welkome aansporing om de seksuele moraal op te heffen. Net als puriteinen zagen zij seksualiteit als iets vies en dierlijks en ze huurden een stal, waar ze hun orgiastische bijeenkomsten in het geniep konden houden. Otto had aan één blik op die plek genoeg en liet zich niet meer zien in het vervallen gebouw, waar bij schemerig licht paringsbereidwilligen opdoken, meestal tevergeefs, want er waren bijna geen vrouwen; slechts een paar door het kinderen krijgen en tuberculose verzwakte vrouwen uit de tabaksfabriek in de buurt kwamen opdagen.

Bij gebrek aan erotiek werd er overmatig veel alcohol gedronken, in de gewelven stonk het naar braaksel en urine. Het spannende, vunzige ging er snel van af, maar in Locarno en omstreken deden nog jarenlang hardnekkig de wildste verhalen over orgieën de ronde. Het stak Gross dat die erotische prutsers zichzelf 'Grossianer' noemden.

Tegen het einde van de zomer was Frieda zichtbaar zwanger. Gross was opgelucht en kon zich weer aan zijn vrienden wijden. Met Erich Mühsam en een jonge dichter uit Schwaben, Hermann Hesse genaamd, maakte hij lange omzwervingen door herfstige kastanjebossen. Hesse, die aan de drank was, deed op de Monte eveneens een ontwenningskuur. Geïnspireerd door een natuurapostel van de oprichtersgeneratie, de filosoof en dichter Gusto Gräser, probeerde hij in een grot bij Arcegno tot zichzelf te komen. Maar het regende die weken onophoudelijk, het totzichzelfkomen hing hem al snel de keel uit.

'Een interessante man, die Hesse,' had Gross gezegd. 'Van deze schrijver zullen we nog wel het een en ander horen.'

Mühsam knikte. 'De Monte trekt talent aan, maar ook vreemde vogels. Ken je Lotte Chatemmer?'

Lotte Chatemmer was een burgermeestersdochter uit Berlijn. Al jong was ze het bourgeoismilieu van haar ouderlijk huis ontvlucht en was in de Hamburgse rosse buurt St. Pauli als serveerster gaan werken. De tent stond slecht aangeschreven, maar de beeldschone jonge vrouw liet zich met geen enkele man in, ze streefde naar geestelijke idealen. Anarchisten namen haar op hun zoektocht naar een ideale staat mee naar Ascona. Zo behoorde Lotte Chatemmer tot de oprichters van de kolonie op de Monte Verità. Na een paar jaar vond Lotte dat er op de Berg van de Waarheid te veel zelfzuchtige solisten waren, iedereen deed maar wat. Ze trok zich terug in een primitief stenen huisje, een *rustico*, tussen Ascona en Ronco. Mühsam stelde Gross voor haar een bezoek te brengen. Na de aanhoudende regen van de afgelopen weken waren de muren klam, de stammen van de jonge kastanjebomen stonden er kaal bij, als zilveren hiëroglyfen in de blauwe hemel.

Lotte Chatemmer ontving hen vriendelijk, zij het wat neerbuigend, het was duidelijk merkbaar dat zij zich door haar geestelijke inspanning in hoger sferen bevond. Mühsam vroeg of ze zich nog kon herinneren dat ze eens voor hem en zijn vriend Nohl warme chocola had gemaakt. Ze glimlachte, die tijd was voorbij. Ze sliep nu op een steen, at uitsluitend nog wortelen, streefde naar volmaaktheid, zuiverheid.

Mühsam lachte. 'Weet je hoe je op de Monte Verità wordt genoemd? De heilige Lotte!'

Ze lachte niet. Tegen de dokter klaagde ze over oorsuizen, maagkrampen, steken in het hart. Otto's interesse in de kluizenares was gewekt, op zijn invoelende vragen vertelde ze over haar psychische klachten: ze werd achtervolgd door demonen. 'Daar, kijk!' Ze liep met hem naar de enige bewoonbare kamer van de stenen hut, wees op de grof aangesmeerde muren naar twee pikzwarte schorpioenen, die ze voor gebroed van het kwaad aanzag. Gross kende de onschuldige Middellandse Zeeschorpioenen uit zijn eigen houten hut. Ze waren ondanks hun opgeheven gifstekel ongevaarlijk, staken alleen als je er met je blote voeten op trapte, het deed niet meer pijn dan een bijensteek.

De eenzame vrouw was niet meer in staat de dieren te zien voor wat ze waren. Ze trok zich terug in het halfduister van haar droombeelden.

12

Rega luisterde graag naar Otto's verhalen over Ascona.

'En toen? Hoe ging het verder met Lotte Chatemmer?' drong ze aan.

Maar Otto weerde glimlachend af. 'Later zal ik je er meer over vertellen, voor nu alleen dit, Rega: Ascona is een magische plek, die openstaat voor alle manieren om van de wereld een beter oord te maken. Voor mij precies de goede plek om een academie te stichten.'

'Wat voor academie?'

'Gewoon. Een academie. Waar ik mijn anarchistische ideeën kan realiseren.'

Toen ze merkte dat het hem moeite kostte samenhangende zinnen te spreken, en zijn lichamelijke onrust toenam, stelde ze voor te gaan wandelen in de Engelse tuin.

Een miezerige novemberavond. Op de paden regent het bladeren, ze lopen tussen donkere bomen die eruitzien alsof ze op de loer staan. Als ze bij het Hesseloher Meer aankomen, klaart de lucht op. Een kwartier later weerspiegelt het wateroppervlak een lichte hemel, tussen de wolken komt de volle maan tevoorschijn.

De therapeut gaat de komende tijd een andere tactiek toepassen. Hij moet zogezegd de duimschroeven aandraaien, anders komt haar genius niet vrij!

'Genius?' Rega stelt zich een gevleugeld wezentje voor, dat in haar opgesloten zit. 'Bedoel je met genius mijn talent?'

Hij schudt zijn hoofd. 'Meer dan dat, Rega. Het is een ongeleefd deel van jouw wezen, als je het niet bevrijdt, ga je met dit ongeboren deel ten onder.'

Gross accepteert geen eenlettergrepige antwoorden meer. Onverbiddelijk dwingt hij tot nadenken en spreken. 'Rega, ik verklaar je vaagheid de oorlog, word jezelf!' Hij laat niet los. Geeft haar ervan langs met zijn vragen, maakt bijtende opmerkingen, schudt haar door elkaar.

Uitgeput barst ze in tranen uit.

'Was het zo erg?'

'Ja. Je bent de doodsengel.'

Hij schrikt. Weet ze wat er een jaar geleden in Ascona is gebeurd? 'Hoe kom je daar nu bij?'

Maar ze antwoordt met een rustig lachje: 'Ken je dat gedicht van Rilke?'

Hij schudt van nee.

'Rilke heeft het in zijn gedicht over het werk van de strengste engel. Hij zoekt je 's nachts op en schudt je door elkaar. Hij gebruikt geweld. Rukt je uit de vorm waarin je in je doodskist ligt.'

Gross raakt in gedachten verzonken. Na een tijdje vraagt hij: 'Weet jij waarom die engel dat doet?'

Ze kijkt hem vragend aan.

'Dat doet hij omdat hij van je houdt.'

Het was koud geworden. Ze liepen in dikke winterjassen onder kale bomen in een ijzig, blauwig licht. Toen het begon te sneeuwen, legde Gross zijn arm om haar schouders, als kon hij haar in het buitelende wit kwijtraken. De kou dreef hen terug naar de warme kamer. Hoe ijziger de buitenwereld werd, des te groter hun eenheid, een bolwerk tegen vijandigheid van buiten en van binnen.

Ze lagen naast elkaar op het bed, hij altijd met zijn kleren aan. Hij wilde zelfs zijn schoenen niet uittrekken, als was hij klaar om te vluchten. Er moest 's nachts ook altijd licht branden, hij kon niet tegen donker. 'Uit het duister komen beelden die me grijpen,' zei hij.

'Ach, een nachtmerrie. Kan ik je helpen?'

'Als je het maar uit je hoofd laat. Ik help jou.'

Waarop ze uitdagend zei: 'Ben ik dan niet al een heel stuk beter geworden?'

Hij schudde zijn hoofd. 'Nee, Rega. Je bent nog steeds een onbewoond huis, als je naar binnen roept, komt er niemand.'

Ze schrok. Probeerde zich het lege huis dat zij klaarblijkelijk was voor te stellen. Toen hoorde ze hem zeggen: 'Ik weet iets om daar verandering in te brengen, Rega.'

'Ja?'

'Ik wil je beslapen, zoals dat zo mooi met een bijbelse uitdrukking heet.'

Beslapen? Dat klonk ongevaarlijk, voor iets opwindends was ze na de wandeling en het lange praten niet meer te vinden.

En zo begint Gross haar langzaam te beslapen. Hij onderzoekt haar wezen. Voelt wat puur in haar is. Niet-afgeleid is. In het brandpunt van deze aandacht neemt hij zichzelf als nieuw waar.

Het beslapen is een langzame, hartverwarmende plechtigheid vol geheimzinnige veroveringen: hij bewoont eerst haar ooghoeken en haar mond. Dan haar oksels, de knieholten. Het kuiltje tussen haar borsten, de ronde holte van haar navel. Voor hij verder naar beneden naar haar dijen glijdt, doet hij zijn schoenen uit, trekt dan, ondersteund door haar zachte handen, zijn hemd en broek uit. Dat hij zijn angst voor zijn naaktheid kan loslaten, voelt zij als het grootste teken van zijn vertrouwen.

Is zij bij hem of hij bij haar in therapie? Hoe dan ook, ze zou willen dat deze manier van therapie nooit ophoudt. Ze houdt van hem. (Ze houdt voor de eerste keer van een man, want, zo denkt ze, met Dorn was het geen liefde. Liefde is daaraan te herkennen dat je niet meer degene bent die je eerst was.)

Na het beslapen liggen ze uitgeput tot het eerste ochtendlicht bij elkaar, hij nog altijd naakt, zijn lippen bij haar oor. Ze hoort hem, al half in slaap, mompelen: 'Rega, het zal weer gaan stromen op aarde als we ons op de moeders richten... weg van het patriarchaat... Niets is dan meer van niets gescheiden. (Jouw moeder? Ach, nee, lieve schat. Die vertegenwoordigt het matriarchaat niet. Die probeert in de wereld van het vaderlijk gezag te functioneren.) Liefde moet weer een heilig ritueel worden. Een levenscheppende waarde, de bron van alle waarden.'

Het sneeuwt. De sneeuw hoopt zich op in de vensternissen, plakt tegen de ramen, de dagen krijgen iets onwerkelijks.

Na kerst, in de twaalf nachten tussen Kerstmis en Driekoningen, waren de heerscharen der overledenen rond. Het zijn nachten waarin de levenden slapen moeten, want ze behoren de doden toe. Oefenen de levenden in deze nachten, die geluidloos uit de dagen komen en na luttele uren weer insluimeren, hoe het is om dood te zijn? Versmelten dood en leven, dag en nacht?

Gross woonde nu praktisch de hele tijd bij haar aan de Fend-strasse. Zij vond het goed zo. Liefde, hartstocht hadden haar over-vallen, als koorts waren ze opgekomen, een plotselinge aanval van duizeligheid, een roes van geluk. Niets zag er meer uit zoals het was. Wat eerst krom was, was nu recht, wat recht was, krom. Wat stevig vastgezeten had, gemaakt als voor de eeuwigheid, raakte los, viel uit elkaar.

Haar moeder was, ondanks haar fysieke nabijheid, ze verbleef tenslotte in de kamer ernaast, oneindig ver weg voor haar geraakt, ze werd klein en onbeduidend, als bezien door een omgekeerde verrekijker. Eindelijk had ze zich van dat deemoedige dochterle-ven bevrijd.

Alleen Otto en zij telden. Het paar bewoog zich in die gedeelde dagen en nachten over een smal bergpad, de ogen op de afgrond gericht, die een magische aantrekkingskracht had, dicht woont de dood bij de liefde.

Zelfs God was voor Rega iemand anders geworden. Tot dan toe had ze hem als ongenaakbare, hoog verheven, lege pop met mooie frasen vereerd, nu was hij tot mensengedaante gekrompen, was van vlees en bloed geworden, en had zelfs een geslacht, deze God had ze lief in de geliefde.

In de spiegel zag ze dat haar gezicht rood was, haar hart klopte hevig onder de dunne huid, het kwam haar voor dat ze eindelijk uit een leven van halfslaap was ontwaakt, een grijs niets was ze vóór deze liefdesval geweest.

Otto ging vaak weg zodra het licht werd. Net als haar therapeut had Rega geen slaap nodig, als hij weg was, ging ze aan haar bureau zitten. Met slaapdronken ogen staarde ze naar het lege papier, en het vulde zich, zonder dat ze ook maar een regel opschreef, met verzen en verhalen. Van nu af aan zou ze kunnen schrijven. Wat er ook gebeurde, haar lot was bezegeld.

Haar moeder had de huisdeur achter de dokter in het slot horen vallen, ze hoorde het schuiven van de stoel in de kamer ernaast, dus durfde ze zich in de kamer van de dochter te wagen. Rega zat zwijgend aan haar bureau. Ze ging de kamer daarom maar weer uit en naar de keuken om koffie te zetten. Toen ze terugkwam, zat haar dochter nog steeds in dezelfde houding, als in trance, het vel papier voor haar nog steeds maagdelijk wit.

'Koffie, Rega?'

In plaats van antwoord te geven keek haar dochter haar als een slaapwandelaar aan. Haar moeder schrok van de donkere wallen onder haar ogen. Ze zette het kopje naast het schrijfblok en zei: 'Je zit lang voor dat lege vel papier.'

Haar dochter had nog steeds dat raadselachtige glimlachje om haar mond. Keek met haar wijd opengesperde, nietsziende ogen dwars door haar moeder heen, als was ze van vloeipapier, naar de wand tegenover haar, als zou daar een mene tekel verschijnen.

'Ach, Rega,' zei mevrouw Ullmann bezorgd, 'ik vertrouw het niet. Ik maak mezelf verwijten. Deze... therapie... ik had het nooit moeten toestaan.' Toen haar dochter bleef zwijgen, vervolgde ze: 'Ik was gisteren in café Stefanie, er doen allerlei verhalen over Gross de ronde. Ik ben bang dat hij jou met zich mee de diepte in trekt.'

'Ach,' zei haar dochter slechts en dronk haar koffie. Toen haar moeder de kamer uit was, schreef ze met grote hanenpoten op het vel papier:

(...)

Nachtegaal is liefde.

En steen is liefde.

En trok die liefde je
Naar de bodem van haar zee,
Dan hield je van die zee
En zocht je in de diepten,
De diepste diepten,
Die in die liefde te vinden zijn,
En bloeide op Daarin.

13

De volgende avond, het liep tegen tienen, werd er aangebeld. Mevrouw Ullmann deed open.

Het was Frieda Gross, die naar haar man vroeg. Hij was al geruime tijd weg… Er werd naar hem gezocht, ook zijn vrienden in café Stefanie misten hem, er werden hier en daar grapjes gemaakt over zijn manier van therapie geven.

Otto had de stem van zijn vrouw herkend en een deel van het gesprek gehoord. Hij kwam de gang in. 'Wat heeft dit te betekenen?' vroeg hij.

Frieda begon te jammeren. 'Deze therapie is toch overdreven.'

'Een therapie heeft dagen en nachten nodig! Dat behoor jij te weten.'

'Waarom überhaupt een therapie?' vroeg ze.

'Ik wil deze jonge schrijfster helpen. Daarom. Hoor eens, ik zie therapie geven als mijn levenstaak en deze therapie is mijn leven.'

'Voor die Ullmann die een beetje schrijft?'

'Ja, voor die Ullmann. Het is een bijzondere vrouw.'

Daarop had Frieda Gross niets meer te zeggen. Ze keerde hem de rug toe en vertrok.

Toen de dokter in de kamer van zijn patiënt terugkwam, stond hij te trillen op zijn benen. 'We hebben een afspraak, Frieda en ik. Wij behoren de ander niet toe, tot nu toe heeft ze dat goed begrepen. Wat die geschiedenis met Else Jaffé betreft, bijvoorbeeld, toen kon ik op haar verdraagzaamheid rekenen...'

Else Jaffé kende Frieda Gross uit haar jeugd, in de buurt van Freiburg hadden ze op hetzelfde internaat gezeten. Na haar studie bij Max Weber trouwde Else met Edgar Jaffé, die ook uit de Weberschool afkomstig was. Het was iedereen duidelijk dat het een verstandshuwelijk was. Else, die sinds haar studie aan Heidelberg was verknocht, was door het huwelijk een bekende persoonlijkheid geworden in de universiteitsstad, Jaffé bouwde een villa voor haar en bediendes maakten het mogelijk de exponenten van het Heidelberger culturele leven overeenkomstig hun stand uit te nodigen.

Haar jeugdvriendin, de uit Graz afkomstige Frieda Schloffer, trouwde in 1903 met Otto Gross. Ze was een moederlijke blondine met weelderige vormen en hield van alle kunsten het meest van muziek. Ze trouwde ondanks de bezwaren van haar familie tegen dit huwelijk, want Gross gold toen al als het zwarte schaap in de betere kringen van Graz en had een morfine-ontwenningskuur achter de rug. Haar liefde voor Gross had een moederlijke inslag.

Toen het echtpaar naar München verhuisde en Frieda een kind verwachtte, nodigde ze Else uit om haar de laatste weken van haar zwangerschap gezelschap te houden.

Otto Gross, net terug van zijn vakantie op een nudistenstrand in Dalmatië, had nieuwe energie opgedaan, hij was naadloos gebruind en vol van zijn theorieën over de erotische emancipatie.

De anders zo gereserveerde en verstandige Else vatte vlam voor deze lange, jongensachtige bepleiter van de nieuwe seksualiteit.

De moeder van twee kinderen ontdekte voor de eerste keer haar *ware aard*, zoals ze in haar dagboek schreef. En dat terwijl Gross geen onstuimige veroveraar was, hij was eerder verlegen, en zijn vrouw Frieda vertelde Else hoe hij destijds in de verlovingstijd voor een seksuele ontmoeting terugschrok. Inmiddels waren de jaren verstreken en Otto Gross gold, volgens de verklaringen van de beide zusjes Von Richthofen, als een invoelende minnaar. Wat Else betrof, zij had in Jaffé een in seks niet erg bedreven man, Franziska von Reventlow schreef later in haar dagboek: *Vanavond Jaffé. O gruwel.*

Het kind van Frieda en Otto kwam in januari 1907 ter wereld en kreeg de naam Peter. Een paar maanden later biechtte Else haar vriendin op dat ze zwanger was. Van Otto.

Frieda toonde zich niet verbaasd. Ze omhelsde haar vriendin, jaloezie behoorde volgens Otto's theorieën tot het rijk van de oude principes. Ze dwong zich tot een glimlach: 'Jij bent mijn vriendin, waarom zou ik Otto niet met je delen? Nu is hij onze gemeenschappelijke "jongen". En hoe ga je het kind noemen?'

In de kamer ernaast schreeuwde de kleine Peter.

'Mag ik het, als het een jongen is, ook Peter noemen?'

'Dat mag je,' zei Frieda.

Spoedig daarna moest mevrouw Gross haar man nogmaals delen: Otto begon een verhouding met Elses zus, Frieda Weekly.

Het was de meest erotische, meest opwindende relatie die Otto ooit was aangegaan, en Frieda, de echtgenote, moest op Otto's bureau halfvoltooide brieven lezen met zinnen erin als: *Ik weet nu, hoe de mensen zullen zijn, die niet meer bevlekt zijn door al die dingen die ik haat en bestrijd – ik weet het door jou, de enige mens die de kuisheid als morele wet en het christendom en de democratie en al dat soort onzin, niet in hun greep hebben gekregen... Hoe is*

dat wonder je gelukt, jij, gouden kind – hoe is het je gelukt de vloek
en bezoedeling van tweeduizend duistere jaren ver van je te werpen
met je lach en je liefde?

Deze Frieda Weekly, Otto's 'vrouw van de toekomst', gaf haar minnaar een ring met een steen waarin drie vrouwenfiguren uitgesneden waren. Ze symboliseerden Else en de twee Frieda's.

Een gezusterlijk liefdestrio om Otto Gross heen? Voor Frieda Gross-Schloffer was de maat vol. Ze vond dat er wat haar man aanging helemaal niets meer te delen viel! En nu dan die intensieve therapie van de jonge Joodse Rega Ullmann, die in café Stefanie niet onbesproken was gebleven!

Er waren grenzen aan Frieda's ruimdenkendheid, ze voelde zich vernederd. Tegen Max Weber zal ze het later zo zeggen: *de psychisch verschrikkelijk afmattende polygamie.* Het liefst was ze met haar kleine Peter uit München weggevlucht naar de plek waar hij in 1906 was verwekt: Ascona. Maar in Tessin was het schandaal rond de dood van Lotte Chatemmer nog niet weggeëbt, en voor de wettige echtgenote van dokter Gross was het niet raadzaam zich daar te vertonen.

Destijds was Otto Gross Lotte in zijn eentje gaan opzoeken in haar hut in het bos. Hij had het idee dat de lucht om haar heen nog ijler was geworden. Ze was vel over been, haar kleren hingen in rafels om haar lijf.

'Wat doe je zo de hele dag, Lotte?'

'Ach,' zei ze klagend, 'er is zo verschrikkelijk veel te doen! Iedere dag beklim ik de rotsen, sprokkel rijshout, maak het vuur aan. Ik zeef de as tot hij fijn genoeg is. Ik zeef en zeef. En toch is hij niet fijn genoeg! Ach-god-ach-god! Ik ben een mislukkeling, ik ben verdorven, dokter! Ik moet me van kant maken!'

'Van kant maken?'

Haar ogen gingen als dwaallichten heen en weer. 'Ja, dokter. Ik werp mezelf van de rotsen naar beneden in de afgrond.'

Gross schrok. Hij verzocht haar met klem in therapie te komen bij hem in Graz, hij moest naar Graz, want men had hem daar aan de universiteit een baan als privaatdocent in de psychopathologie aangeboden.

Ze schudde haar hoofd. 'Weg? Onmogelijk. De rotsen roepen.'

'Lotte, je zult dagenlang met gebroken ledematen in het ravijn liggen, voordat de dood je uit je lijden verlost. Dat je zo ellendig aan je einde komt, sta ik niet toe.'

'Maar wat moet ik dan?' Haar wijd opengesperde ogen keken hem gekweld aan.

'Als dat echt is wat je wilt, dan verschaf ik je een gif waardoor je meteen dood bent.'

Ze smeekte hem het gif meteen te gaan halen.

Gross ging daarop naar Locarno, legitimeerde zich bij de apotheek van Maggiorini als arts en vroeg om een uitzonderlijk grote hoeveelheid cocaïne.

De apotheker Maggiorini fronste zijn voorhoofd. 'Waarom zo veel?'

'Mijn vriendin heeft vreselijke kiespijn.'

De apotheker keek nog steeds wantrouwig naar de legitimatie van de arts, maar ging toen toch de grote dosis halen.

In Lottes hut werd Gross door een vriendin uit Lottes Monte-Veritàtijd ontvangen, de voormalige verpleegster wilde Lotte als vriendendienst bij haar reis naar de andere wereld bijstaan.

'Het zal allemaal heel snel gaan,' zei de psychiater troostend tegen haar.

Maar wat andere mensen in een uur naar de andere wereld zou

hebben geholpen, duurde bij Lotte tweeënhalve dag. De beide assistenten van de dood waren ertoe veroordeeld het langzame, pijnlijke wegkwijnen van de Heilige Lotte mee te maken.

Na de begrafenis sprak het geval zich in Locarno en omstreken snel rond, de verdenking van de politie richtte zich op een zekere 'dokter'. Uit angst voor het onderzoek van de Tessiner politie vertrokken Gross en zijn zwangere vrouw overhaast naar München.

Tot ergernis van zijn vader werd Otto nooit docent in Graz.

DEEL II

Ouders moeten ons nooit het leven willen leren, want
zij leren ons alleen hun eigen leven.
Rainer Maria Rilke

I

München leek na de jaarwisseling in 1908 weg te zinken in de sneeuw. De vlokken vielen in dichte sneeuwgordijnen, de korte dagen bleven schemerig. De kamer aan de Fendstrasse 6 dreef als een ark door de witte winterwereld. Contact met de buitenwereld was niet meer mogelijk en niet gewenst. In de bijbelse ark werden er van iedere soort twee gered, in de therapiekamer ontkwamen Otto Gross en Regina Ullmann aan de zondvloed, misschien bestond de wereld om hen heen al niet meer, het deed er niet toe.

De therapie verliep nu rustiger en de tijd verstreek. Waren het dagen of weken? Was het zo moeilijk om de kleine schrijfster te genezen, of wilde Otto haar aanwezigheid niet meer missen, haar stugge antwoorden, haar schuwe, maar zachte en invoelende blik, haar gewillig ingaan op al zijn wensen? Of gaf hij hartje winter de voorkeur aan de warme kamer aan de Fendstrasse, waar alle dagen twee borden eten in de vensternis van de overloop stonden, boven zijn tochtige zolderwoning?

Moeder Ullmann, die het eten op die borden schepte, snakte naar duidelijke, overzichtelijke verhoudingen, haar behoefte aan harmonie was zo groot dat het leven haar soms vast moest pakken en door elkaar moest schudden. Natuurlijk was ze niet met blindheid geslagen, natuurlijk had ze gezien dat die zogenaamde therapie in de afgelopen weken tot een liefdesaffaire uitgroeide! Per slot van rekening ging dokter Gross met haar instemming op alle uren van de dag en de nacht haar huis in en uit. Met de kamer nam hij ook bezit van haar dochter, hing vreemde tekeningen aan de muur, speurde met analytische blik in de ziel van de jonge vrouw, haalde wat onder lag boven. Zo te zien boekte hij met die behandeling resultaat, geen broeierigheid en gemok meer, Rega leek uit haar sluimer ontwaakt, bloeide op. Er waren ook nadelen aan de therapie, zo kreeg mevrouw Ullmann vaak te maken met een haar tegensprekende dochter en ze ergerde zich aan de nieuwe, snibbige toon. Wilde Rega de psychiater laten zien hoe sterk ze geworden was? Het leed geen twijfel dat ze verliefd was op de jonge, aantrekkelijke arts, daar had mevrouw Ullmann een neus voor. Als het om de liefde ging, werd ze altijd merkwaardig zwak, te vroeg had ze na de dood van haar man van tedere gevoelens moeten afzien. De weduwe had haar kinderen opgevoed zonder grote verlangens te koesteren, noch op materieel, noch op ander gebied. De kinderen waren alles voor haar, naast de wisselende jonge dienstmeisjes had ze nauwelijks vriendinnen, mannen zag ze alleen vanuit de verte. En toch woonde diep in haar hart het verlangen de liefde nog een keer te beleven. Hoe sneller de jaren voorbijgingen, hoe ouder ze werd, des te sterker droeg ze dit verlangen over op haar dochters, in de hoop dat er van hun jonge liefdesgeluk iets op haar zou afstralen.

Niet alleen door zijn Oostenrijkse dialect had de dokter mevrouw Ullmann direct al na het eerste gesprek voor zich ingenomen. Gross had een beweeglijke geest en met zijn jongensachtige charme en drang de wereld te verbeteren was hij de meest begeerde man in café Stefanie. Het moederhart van mevrouw Ullmann was vervuld van trots dat hij uit het geweldig grote aanbod van vrouwen haar Rega had gekozen. Mannen vielen voor haar dochters zachtaardige lieftalligheid, keken over de lichte handicap heen. Dokter Gross was weliswaar getrouwd, maar mevrouw Ullmann had het idee dat de familiebanden nogal los waren, in café Stefanie werd gezegd dat hij met zijn vrouw het 'pact van de perfecte vrijheid' had gesloten. Modieuze praatjes natuurlijk. Maar door een dergelijk 'arrangement' lag alles weer open: een buitenechtelijke verhouding, scheiding, een nieuw huwelijk. Wisselende relaties, dat was tegenwoordig in de beste families aan de orde van de dag! Moeder Ullmann had de psychiater op een avond in café Stefanie horen spreken over de toekomst van de vrouw, over het loslaten van oude patronen en het nieuw vormgeven van de verhoudingen. Het was voorstelbaar dat Rega bij een zo ruimdenkende man ook haar buitenechtelijke dochtertje in een nieuwe verbintenis mee kon nemen. Ach ja, dacht Hedwig Ullmann en pakte haar door de modiste op de nieuwste mode toegesneden hoed, een ripslint achter, vilten bloemen voor, nu ga ik theedrinken in café Stefanie. Het zal allemaal op zijn pootjes terechtkomen!

Ze ging voor de spiegel staan, drukte de vilten berg met een paar energieke rukken recht, mompelde halfluid: 'Zei mijn moeder niet altijd: "Eind goed, al goed!"?'

Rega dacht er niet over de kamer te verlaten. In de witheid van die dagen voelde ze zich ruim worden, vol adem, als de oceaan. Golven rolden aan, hieven haar omhoog, droegen haar weg uit alles wat tot dan toe had gegolden. Ze verwachtte een kind. Dit keer had die wetenschap niets schrikbarends voor haar. Ze hield van die man, hij bewoonde haar, vulde haar leegheid met zijn vitaliteit, nu verwachtte ze een kind van hem, dat lag in de orde van de liefde.

Over de dag van morgen maakte ze zich geen zorgen. De kamer was een ark geworden, Otto en Rega, de laatste twee exemplaren van de mensensoort. In haar buik, geborgen als in een mini-ark, liet een nieuw mensenkind zich schommelen en door de dagen dragen. Nu nog was het haar geheim: wij zijn niet het einde, het leven zal verdergaan.

Soms moest Otto 's middags de stad in om iets te kopen. Dan trok Rega snel iets aan, ging op het tapijt zitten, met het schrijfblok balancerend op haar blote benen.

Bij Uitgeverij Demuth in Frankfurt was nog voor het einde van 1907 haar toneeltekst *Hagenpreek. Drama in één bedrijf* verschenen. Erika Rheinsch, die haar gedichten daar uitgaf, had haar in contact gebracht met de uitgeverij. Wilde ze met deze goede daad haar slechte geweten sussen, omdat zij haar toen nog minderjarige vriendin in het nog warme bed van haar man had gemanoeuvreerd? *De hagenpreek*, een klein, eigenzinnig boek, rook nog naar drukinkt en spoorde Rega aan door te gaan met schrijven. Nu alleen geen proza, liever gedichten. Jaren geleden al, in St. Gallen, had ze haar eerste gedichten geschreven.

Zo zat ze en dacht na, tikte met het potlood tegen haar voorhoofd, ademde een woord voor zich uit. Hoorde het in de lucht wegsterven. Herhaalde de woordcompositie. Haalde die langzaam in lettergrepen uit elkaar. Ze was zo in gedachten verzonken dat ze niet merkte dat Otto was teruggekeerd, zachtjes was hij de kamer binnengekomen.

Hij bleef staan en keek naar haar. Ach, dacht hij, kijk nu hoe ze de lettergrepen op een goudschaaltje weegt, mijn kleine alchemiste.

Betrapt keek ze op. Ze plukte aan haar rok, streek de stof over haar blote knie, kwam overeind en liep naar hem toe. Hij sloeg zijn arm om haar heen.

'Otto,' zei ze teder, 'ik verwacht een kind.'

Als door een angel gestoken trok hij zijn arm terug. 'Dat kan niet! Weet je het zeker?'

Ze knikte. Verbaasd keek ze naar hem. Zijn hoofd was nog wit van de sneeuw, de haarslierten in de war, in het halfdonker van de kamer leek zijn oude jongensgezicht vlekkerig.

'Rega...' Hij wilde iets zeggen, maar de woorden kwamen niet. Het wit van zijn ogen flitste van inspanning. Zijn mond was opengesperd, gepijnigd, woordeloos.

Rega vond het griezelig. Hij was helemaal uit zijn doen, waarom?

Otto, de voorman van de nieuwe erotische beweging! Geen goed woord had hij over voor het huwelijk als patriarchale instelling die de vrouw tot slaaf maakte. In grote woorden spraken hij en zijn aanhangers over de oervrouw, de waarde en schoonheid van het moederschap. Over vader-worden hadden ze het nooit. Maar Otto Gross moest intussen toch aan de natuurlijke gevolgen van de vrije liefde gewend zijn, na zijn eigen vrouw had ook Else Jaffé met kerst een kind van hem gekregen.

Ja, Else en haar Petertje. Beiden speelden Otto Gross, die sprakeloos in de kamer stond, door het hoofd. Else was na de bevalling naar München teruggegaan, liet Otto naar Frieda's huis roepen en toonde hem trots het kind. 'Lief, hè? Jouw kleine evenbeeld, lieveling!'

Die verschrompelde, rode zuigeling met lippen die door het harde zuigen aan de borst onder de blaasjes zaten? Gross lachte onthutst als een boer met kiespijn. Uit vaderlijk plichtsgevoel bracht hij zijn hoofd dichterbij en probeerde de voor hem onzichtbare kwaliteiten van het kind te ontdekken. Het vormeloze in doeken gewikkelde bundeltje reageerde daar afwerend op, het begon te huilen en te trappelen.

'Hoor je?' zei Else, verliefd lachend. 'Je zoon wil melk! Ben je niet een gelukkig man nu, met twee Petertjes!'

De gezichtsuitdrukking van de tweevoudige vader was verre van gelukkig. Petertje één en Petertje twee. Een nachtmerrie.

Toen de kleine sliep, kwam Elses onvermijdelijke en pijnlijke vraag eruit of Otto iets kon bijdragen aan het levensonderhoud van het kind, zoals dat in de wet was voorgeschreven? Hij begreep natuurlijk wel dat ze Jaffé niet wilde belasten met het onderhoud van een niet-eigen zoon.

Otto Gross zweeg verward. Na een tijdje zei hij: 'Ik beschik niet over eigen geld. Het assistentschap bij Kraepelin is door toenemende meningsverschillen tot een paar kleine opdrachten gereduceerd en levert hoegenaamd niets op.'

'Ach, ik begrijp het.' Else, met het kind aan de borst, knikte. Toen kreeg ze een reddende ingeving: 'Je vader is rijk. Hij zal toch zeker trots zijn op zijn kleinzoon? Als hij de volgende keer op bezoek komt, moet je hem daarop aanspreken.'

Otto had inderdaad kort daarna met zijn vader gesproken. Per slot van rekening droeg hij tot nu toe iedere maand bij aan het levensonderhoud – inclusief drugsgebruik – van zijn zoon. Hans Gross was in woede ontstoken: 'Ben je niet goed bij je hoofd, Otto?' Otto zag dat zijn vader zijn oude imponeerspelletje weer speelde: hij maakte zich lang – hij was nog altijd een paar centimeter groter dan zijn zoon – hief, net als vroeger toen Otto klein was, zijn hand op in een dreigend gebaar. 'Zoon, ik draai de geldkraan dicht! Zoals jij met vrouwen omgaat – schandalig! En nu heb je ook nog de brutaliteit mij te vragen een getrouwde mevrouw Jaffé te ondersteunen? Een van de rijkste vrouwen in Duitsland! Te zot voor woorden! Let op: ik betaal alleen voor de met Frieda Schloffer verwekte, echtelijke kinderen, alle anderen kunnen me geen moer schelen!'

Otto zag de scène met de grote, strenge vader weer voor zich, terwijl hij in de Fendstrasse voor zijn minnares Rega Ullmann stond, hij keek in haar gezicht, dat nat was van de tranen, en sloeg zwijgend zijn armen om haar heen. Zo bleven ze enige tijd stil en radeloos staan, niet wetend wat te doen.

Toen zuchtte Otto: 'Jij wilt van je moeder loskomen en ik van mijn vader. Het kind maakt ons opnieuw afhankelijk... Weet je, je kunt het tegenwoordig ook laten wegmaken.'

Ze keek hem met grote ogen aan. 'Jouw kind? Nooit.'

Ze had nog steeds haar kousen niet aan, glipte met blote benen in haar hoge laarzen, greep haar jas. Ze verliet de kamer, smeet de voordeur achter zich dicht. In de Engelse tuin waren de paden nog niet geruimd, kriskras stapte ze door de sneeuw. Met nietsziende blik keek ze in het wit, liep als een sneeuwblinde, zonder tranen.

Toen ze thuiskwam, was Otto weg.

'Wat is er?' vroeg haar moeder. 'Je hebt gehuild.'

'Ach, niets.'

'Rega, ik denk dat ik het kan raden. Je bent zwanger. Staat Gross achter jou en het kind?'

Rega begon weer te huilen.

Haar moeder wist genoeg. In eerste instantie bleef ze verbazingwekkend rustig. 'Mannen voelen zich vaak overrompeld door het bericht dat er een kind komt,' sprak ze belerend tegen haar dochter. 'Een man heeft tijd nodig. Wacht een rustig moment af en spreek dan met hem, kind.'

2

Het rustige moment liet op zich wachten.

De geliefde was gevlogen en hield toch alles bezet. In de kamer stonden nog steeds zijn streperige tekeningen op de muur, de laatste maand waren daar twee naakttekeningen bijgekomen. Het dienstmeisje uit het Bayerische Wald, dat met grote ijver en op blote voeten de kleine woning schrobde, mocht de kamer niet meer in. Toch had ze schielijk een blik op de onbehoorlijke tekeningen en de rotzooi van de dokter geworpen. In Rega's bed lag nog steeds Otto's verfomfaaide hoofdkussen, als je de deur opendeed bungelde zijn badjas aan een haak, op de grond lagen lege papieren zakjes, hier en daar onder de meubels een vleugje van een sneeuwachtig poeder.

Maar niet alleen de kamer, ook Rega bleef op een gevaarlijke manier gesloten: duizend door de therapie opgewoelde gedachtedeeltjes. Druk op haar hart. Wondpijn.

'Je moet je gevoel voor die man uitrukken,' sprak haar moeder bezorgd.

Maar hoe moest Rega dat doen, ze zou toch met die liefde ook een stuk van haar ziel uitrukken?

Op een avond in maart kwam Otto terug.

'Waar was je?'

Op die vraag lachte hij pijnlijk als Adam, die zich achter de struiken van het Paradijs had verstopt.

Hij leed. Hij zag zijn gedroomde moederrechtenparadijs in een onbereikbaar verleden of toekomst wegglijden. Zijn theorie om neurosen te genezen door *seksuele immoraliteit* (een uitdrukking die hij alleen tegenover vakgenoten gebruikte, nooit tegenover vrouwelijke patiënten), was door de praktijk aan het wankelen gebracht. Had alleen de therapeut er baat bij, terwijl de vrouwen storende bijverschijnselen als zwangerschappen kregen? Zwangere vrouwen hebben in de patriarchaal gestructureerde maatschappij de neiging terug te vallen in sociale afhankelijkheid, stelde hij vast. Alleen Franziska von Reventlow belichaamt de nieuwe vrouw, die door een buitenechtelijk kind meer zelfvertrouwen krijgt.

Rega vroeg hem samen met haar een wandeling te maken.

Het was niet koud, in de voortuin gingen de kelken van de sneeuwklokjes en krokussen al open, ook de blauwe druifjes bloeiden. In een dennenboom bezong een merel zijn verlangen naar het voorjaar.

'Laat je mij echt alleen met het kind?' vroeg ze toonloos onder het lopen. Ze vermeed het hem aan te kijken.

'Rega...' begon hij. Slikte. Keek ook recht voor zich uit. 'Kijk, ik heb al een gezin waarvoor ik niet kan zorgen. Je moet flink zijn. Je redt het heus alleen met het kind.'

Deze zinswending deed haar aan de brief van Dorn denken waarin hij het een goede twee jaar geleden liet afweten . *Je zult alleen dan blij zijn met het kind, geloof me, als je werkelijk besluit: met jouw leven voor zijn leven in te staan. Trots en moedig.*

Over de oorspronkelijke zinnen van Dorn kwam nu een doorzichtige laag van Otto's woorden te liggen. Woede en tranen welden in haar omhoog, vanuit deze gemoedstoestand zei ze wat haar moeder haar had opgedragen: 'Otto, mijn moeder leeft van een klein weduwepensioen, en ik sta helaas nog niet op eigen benen. We hebben geen geld om het kind groot te brengen.' 'Het is ook de tweede,' wilde ze eraan toevoegen, maar ze brak haar zin af. Waarom zou ik, dacht ze, hij weet toch alles al?

Voor Otto was het na die zinspelingen duidelijk dat zij, de wereldvreemde, weer onder de invloed van haar moeder stond.

Op het bruggetje naar de Engelse tuin, vlakbij het Schwabinger bureau voor de burgerlijke stand, bleef hij staan en legde zijn arm om haar schouders. Boven op straat hadden ze feestelijk aangeklede mensen uit de portaal van het stadhuis zien komen, nu kwam de groep mensen hun kant uit, de kersverse echtgenoot legde ook zijn arm om de schouders van de vrouw, die zwanger was.

Net als zijn collega C.G. Jung ervoer hij de coïncidentie van dergelijke taferelen niet als toevallig. Daarginds speelde zich af wat Rega en haar moeder en alle zwangere vrouwen willen: in de moeilijke situatie van het moederschap grotere zekerheid en verzorging. Maar in de vaderrechtelijke maatschappij bestaat geen sociale solidariteit, geen bescherming van de moeder, daarom wordt de partner door het instituut van het huwelijk daartoe contractueel verplicht. Hij, de vroeger zo vrije vogel, wordt geringd en verliest zijn vrijheid, en de vrouw heeft als tegenprestatie haar seksualiteit aan te bieden en wordt zo tot een object van schaamte en onderwerping. De volgende stap, zo dacht Gross, is het claustrofobische kleine gezin, waarin de vader de macht heeft en waarbinnen nieuwe serviele mensen met psychische stoornissen grootgebracht worden, omdat ze zich zowel in het privéleven als op het maatschappelijke vlak naar het vreemde en niet naar het eigene voegen. Een zieke maatschappij. Zijn er in de steden zoals München en Zürich binnenkort niet meer praktijken voor psychotherapie dan bakkerijen? Het koude zweet brak hem uit, zijn hand gleed van Rega's schouder.

Terug in de kamer in de Fendstrasse probeerde hij lief voor haar te zijn, maar Rega keerde zich van hem af.

'Wees sterk,' mompelde hij hulpeloos.

En toen ze snikkend zei dat ze geen toekomst meer zag, dat ze wilde dat ze dood was, nam hij haar in zijn armen en wiegde haar.

Hij wiegt me als een doodsengel, dacht ze, hij heeft geen troost te bieden.

3

Begin april, na de strenge Münchense winter, was er in de voortuin aan de Nikolaiplatz een goudgele explosie van forsythia's. In het park van de nieuw gebouwde villa, die later de Seidelvilla genoemd werd, waren aan de kastanjebomen de jonge lichtgroene bladeren te zien, als kleine handjes.

Net als het voorjaar gedijde ook Rega's kind volgens innerlijke wetmatigheid. Weliswaar duidde alleen nog een zachte welving onder haar bloes op zijn aanwezigheid, voor moeder Ullmann was het de hoogste tijd dat ze van de roze wolk van haar wensdenken kwam en haar aangeboren gezonde verstand ging gebruiken. Wederom ontplooide ze een koortsachtige bedrijvigheid. De eer van de familie moest voor de tweede keer gered worden, ook was ze van plan dit keer zonder pardon geld van de verwekker te eisen.

Met dit doel voor ogen ging ze op een regenachtige voorjaarsdag op bezoek bij Frieda Gross. Frieda woonde in een door haar schoonvader betaalde woning aan de Menzingerstrasse in de chique wijk Nymphenburg. Maar voor veel meer dan haar levensonderhoud was de maandelijkse schenking niet genoeg, en dus had Frieda alleen om de dag een dienstmeisje. Die middag, toen mevrouw Ullmann onaangekondigd op de stoep stond – telefoon was er bijna nog niet – was Frieda net bezig de kleine Peter zijn groentehapje te voeren.

De keukendeur staat open, in de kamer ruikt het naar eten, over een stoelleuning hangen luiers te drogen.

Hedwig Ullmann gaat in haar donkere jurk met ruches en haar zwarte hoed tegenover de moeder-kindidylle zitten. Een jobstijding in levenden lijve. Als ze tijdens het praten naar voren buigt, begint het zwarte, torenhoge gevaarte op haar hoofd te wiebelen.

Frieda verneemt tussen de hapjes door dat dochter Ullmann zwanger is van haar man Otto.

'Aha, de therapie is dus aangeslagen!' In haar stem klinkt leedvermaak door.

Mevrouw Ullmann benadrukt dat ze geen idee heeft gehad van een verhouding.

'Werkelijk?' Frieda's lippen tuitten zich spottend.

'Hoe moest ik dat weten? Uw man, mevrouw Gross, behandelt achter gesloten deuren!' Er valt een ongemakkelijke stilte, dan legt mevrouw Ullmann haar kaarten op tafel. 'De aanstaande moeder heeft wettelijk recht op geld van de vader van het kind. We kunnen Otto Gross al dagen niet bereiken. U wilt er wel begrip voor hebben dat ik me tot u wend.'

Frieda maakt een beweging met haar hoofd, als wil ze een lastig insect verjagen. 'Ik heb het zelf ook niet breed. Otto draagt niets aan ons levensonderhoud bij, het weinige dat ik krijg, komt van zijn vader in Graz.'

'Raadt u me dan aan een verzoekschrift aan Hans Gross te sturen?' vraagt mevrouw Ullmann en kijkt haar onderzoekend aan.

'U kunt het proberen. Maar net als bij Else Jaffé zal hij echt niet met een alimentatie over de brug komen.'

'Maar mijn dochter heeft er recht op!'

Frieda kijkt de vrouw tegenover haar verbaasd aan, een schamper lachje om haar lippen. 'Recht op, recht op! In München worden dagelijks buitenechtelijke kinderen geboren, weet u! De oude moraal is afgedankt.'

'Daar heeft uw echtgenoot dan wel zijn steentje aan bijgedragen met zijn theorie over de libertaire maatschappij,' merkt de oude mevrouw Ullmann snibbig op.

Mevrouw Gross verzucht: 'Ja, die ellendige polygamie!' (Ook jaren later zal ze dat precies zo zeggen tegen Max Weber.) 'Die veroorzaakt voor de echtgenote louter ongemak! Maar laten we niet vergeten dat Otto Gross een profeet is, voor hem gelden andere maatstaven! Aan het einde van deze maand is hij uitgenodigd op het internationale psychoanalytische congres in Salzburg, Vader Gross heeft bevolen dat ik samen met mijn man mijn intrek neem in Hotel Bristol, wij moeten openlijk laten zien dat we een paar zijn, alle lelijke praatjes ten spijt.' In haar stem klinkt een lichte triomf. Haar neus (kenners in café Stefanie spreken over de Nefertitineus, omdat hij in een rechte lijn vanaf haar voorhoofd loopt) wijst in de richting van de vrouw tegenover haar, de lepel met fijngeprakte wortel blijft in de lucht hangen. Het kind gaat de voedseltoevoer niet snel genoeg en zet het op een blèren. Frieda haalt snel nieuwe bevoorrading, maar Petertje slaat met een onrustige beweging de lepel uit haar handen, de moes spat in het rond, rode vlekken op haar bloes, die al morsig is van een spinaziemaaltijd.

Hedwig Ullmann verheft zich waardig van haar stoel. 'Neemt u mij niet kwalijk dat ik u ben komen storen.' Met een bezorgde blik voegt ze eraan toe: 'Dit gesprek blijft, ook in uw belang, tussen ons, nietwaar?'

'Ik zeg het alleen tegen Else Jaffé. Else hoort tot de familie, weet u.'

De regen dwong moeder Ullmann na haar bezoek onder het druipende afdak van een groentehandelaar op een rijtuig te wachten. Toen ze instapte gutste van haar hoed als uit een dakgoot een straal water op haar japon. Scheldend probeerde ze het water te ontwijken.

Op het 'waarheen?' van de koetsier zei ze: 'Naar café Stefanie, hoek Amalienstrasse.'

In een fractie van een seconde had ze besloten niet naar huis naar haar treurige dochter te gaan. Het bezoek had haar uitgeput, ze wilde eerst op verhaal komen met een kop koffie en een goed gesprek. Het liefst wilde ze het Else Jaffé zelf vertellen, voor ze het van Frieda Gross te horen zou krijgen.

Het was zo in het begin van de middag niet druk in café Stefanie, toen ze naar haar marmeren tafeltje toe liep hoorde Hedwig Ullmann hoe twee vrouwen giechelend de koppen bij elkaar staken, het woord 'therapie' viel. Het bevestigde haar in haar vermoeden dat er al mensen van de ontwikkelingen aan de Fendstrasse op de hoogte waren. De hoogste tijd dat Rega vertrekt, dacht ze. Aan een van de schaaktafeltjes viel haar het kikkerachtige gezicht met de dikke brillenglazen van Edgar Jaffé op, hij las de financiële bijlage van de krant. Toen splitste zich het zware gordijn voor de ingang weer en Else stormde binnen, met haar regenjas nog aan wisselde ze een paar woorden met haar man en wilde meteen weer weggaan. Maar Hedwig Ullmann was opgestaan en verzocht haar dringend om een onderhoud.

Else keek verbaasd op, wierp een blik op haar horloge, ging toen toch bij moeder Ullmann aan het tafeltje zitten. Toen ze hoorde wat er met Rega aan de hand was, werden haar grijze, melancholische ogen donker, haar mooie mond kreeg een bittere trek. Thuis wachtte de vijf maanden oude zoon die Otto Gross had verwekt, maar aan hem dacht ze niet, nu was ze, net als vroeger in Mannheim, toen ze pleitbezorgster van de vrouwelijke arbeiders was, een en al oor voor het lot van een ander.

'En hoe is het met uw dochter?'

'Ze is wanhopig. Ach, kunt u niet eens met haar spreken?'

Else besloot dat haar boodschap kon wachten. 'Laten we meteen een rijtuig naar de Fendstrasse nemen, mevrouw Ullmann.'

4

Rega ontwaakte aan de schrijftafel uit haar stille gesomber, haar gezicht klaarde op toen ze Else zag binnenkomen. Beide vrouwen omhelsden elkaar zonder iets te zeggen.

Terwijl mevrouw Ullmann de straat overstak om bij Restaurant Weinbauer een kleinigheid te eten te halen, verklaarde Else in Rega's kamer dat ze er geen doekjes om wilde winden. Ze beschikte niet over eigen middelen, ze kon Rega's en Otto's kind niet opnemen in haar huidige gezinssituatie. 'Maar, Rega,' zei ze met klem, en haar grijze ogen vestigden zich op de zwangere vrouw, 'ik zal het kind van Otto en jou nooit uit het oog verliezen! Ik zal me erom bekommeren, zo vaak als ik kan. We zijn twee totaal verschillende vrouwen, maar we zijn verbonden door hetzelfde lot, de liefde voor Otto Gross of wat ervan overgebleven is!'

Zoals altijd wanneer ze verrast en geraakt was, kon Rega geen woord uitbrengen.

Else kende dat inmiddels van haar en zei: 'Gross heeft het contact met je verbroken sinds hij van de zwangerschap weet?' Wederom verwachtte ze geen antwoord, deed een stap in de richting van de vensterbank, pakte verbaasd een door Gross achtergelaten flesje op, waar Rega geen acht op had geslagen.

'Heeft Gross dat hier laten staan?'

Rega knikte. 'Waarschijnlijk een van zijn vele medicamenten...'

'Beloof me dat je er niets van neemt!' bracht Else geschrokken en fel uit. 'Het heeft er alle schijn van dat meneer de therapeut je tot suïcide wilde brengen... Ach, de drugs maken hem kapot,' mompelde ze toen, als sprak ze in zichzelf. 'Ik heb het idee dat ze hem totaal onverantwoordelijk maken.'

Tijdens het middageten bespraken de drie vrouwen vrijblijvende zaken, maar bij het afscheid kwam Else nog een keer op de toestand terug. 'Geloof me,' zei ze tegen Rega, 'Gross krijgt van mij een niet mis te verstane brief.'

In die brief stond onder andere:

Lieve Otto,

(...) Ik moet toegeven dat ik in het begin vond dat je er op de een of andere manier toe gebracht moest worden de relatie met Rega U. op te geven. Maar nu zie ik het conflict toch anders – deze relatie, jouw – zoals wij het van ons uit moeten bekijken – gewetenloosheid tegenover Frieda is slechts een symptoom van een diep in je aard gelegen ontwikkeling.

Frieda heeft helemaal gelijk, toen ze van de zomer zei: 'Zie je dan niet dat Otto de profeet is, voor wie slechts geldt: wie niet voor mij is, is tegen mij.'

Nu heeft de profeet tot op zekere hoogte het laatste restje van de mens Otto volledig in zijn vuur verbrand, heeft hem ook het vermogen afgenomen een mens, een individueel individu, zoals hij is met al zijn eigenaardigheden, lief te hebben. (...) Er zijn nu alleen nog maar volgers van je leer, er is niet meer een bepaalde vrouw van wie je houdt om wat zij is. (...)

Maar één ding moet ik je nog zeggen. Het lijkt me ook daarom zinloos me op te offeren voor jou of jouw zaak, omdat je zelf door het

zinloze verwoesten van je gezondheid je prestatievermogen tenietdoet.
We weten immers helemaal niet, in hoeverre dat, wat jouw ideeën
voor ons onaanvaardbaar maakt, het totale gebrek aan zelfkritiek, nu-
ancering en onderscheidingsvermogen tegenover de individuele mens,
uiteindelijk door de morfine komt. – Hoe daardoor ook de uiterlijke
kanten van het samenleven moeilijker worden, dat weet je wel.

In café Stefanie, waar Otto Gross alleen nog na middernacht opdook, hadden de paar vrienden met wie hij tot vroeg in de morgen
doorhaalde, geen idee in welke diepe crisis de dokter terecht was
gekomen. De cocaïne hield hem wakker en spraakzaam, en wat
hem kwelde, bleef een privéaangelegenheid. Hij voelde zich on-
noemelijk eenzaam, verraden door zijn eigen ideeën. Nu spanden
zelfs zijn twee liefste vrouwen, Frieda Schloffer en Else, de Von
Richthofendochter, tegen hem, de grote vrouwenbevrijder, samen.
Allebei hadden ze hem een Peter gebaard en noemden hem, de
verwekker, met een knipoog 'onze jongen', allebei vroegen ze van
zijn vader een geldelijke ondersteuning en brachten hem zo bij
Hans Gross in diskrediet.

Zelfs Frieda Weekly had hem bitter teleurgesteld. Zijn 'vrouw
van de toekomst' was afgereisd naar het verleden! Terug naar de
onbeminde echtgenoot in dat kleingeestige Nottingham! En Otto
had haar nog wel gesmeekt haar kinderen naar München te halen
en een gezin zonder man te stichten.

En nu dan de breuk in zijn relatie met Rega Ullmann. Op zijn
manier had hij, alle bedenkingen ten spijt, van haar gehouden,
in haar talent geloofd. Energie en tijd in haar genezing gestoken.
Trots had hij de eerste ontwikkelingen waargenomen, haar zelfvertrouwen en zelfstandigheid zien groeien. En nu die zwangerschap,
het terugvallen in de oude afhankelijkheid.

Slechts een van de late stamgasten van café Stefanie vermoedde hoe slecht het met Otto Gross ging: Ernst Frick, de Zwitserse anarchist, die hij destijds in Ascona had leren kennen. Met Frick, de bergnar, had hij de Keltenhügel boven het Lago Maggiore beklommen, en 's avonds hadden ze aan een granieten tafel gesprekken gevoerd over een noodzakelijke verandering van de maatschappij. Frick, van eenvoudige komaf en gieter van beroep, was zeer belezen en gevoelig, ze hadden elkaar ten diepste verstaan. Frick streed op zijn eigen wijze voor een betere mensheid, hij voerde de redactie van het militante, diverse malen verboden anarchistische tijdschrift *Der Weckruf.* Om te voorkomen dat een in Zürich vastzittende revolutionaire Rus zou worden uitgeleverd aan zijn vaderland, had hij met een zelf in elkaar geknutselde bom een Zürichse tram laten ontsporen, nu achtte hij het raadzaam een tijdje in München onder te duiken. In café Stefanie had de lange, magere man met zijn bergbewonersneus en zijn zware Zwitserse dialect te midden van de middernachtelijke gasten veel weg van een zwerfkei. Hij zag Gross lijden. En hij legde een hand op zijn schouder: 'Weet je nog dat je in Ascona onze Dokter van Ascona was? Tijd voor ons allebei om naar de Keltenhügel terug te gaan!'

5

In diezelfde tijd had ook Otto's vader, de misdaadpsycholoog Hans Gross, last van de meest tegenstrijdige vaderlijke gevoelens. Op een avond nodigde hij zijn buurman Zöchbauer uit, rector van een middelbare school, die in Graz bij ouders en leerlingen zeer geliefd was, maar tot zijn verdriet zelf geen kinderen had.

'Kinderen zijn een kwelling,' zei Hans Gross aan tafel.

'Ouderliefde is de meest zuivere liefde die er is,' zei mevrouw Gross met een bestraffende zijdelingse blik op haar man.

'Maar kinderen doen nooit wat hun ouders willen,' wierp Gross tegen.

'Ach...' Zöchbauer glimlachte. 'Weet je, kinderen hebben vermoedelijk een eigen weg te gaan, leven in een andere tijd.'

Zöchbauer herinnerde zich hoe trots Gross jaren geleden geweest was met het kleine blonde ventje aan zijn hand. Een eigenzinnig, schrander knaapje, zijn mini-ik. Maar Gross wilde niet alleen met de jongen door de straten van Graz lopen, hij wilde hem geleidelijk aan ook binnenvoeren in zijn levensbeschouwing, hem leren wat in het leven nastrevenswaardig was en wat niet. Hij liet zijn kleine prins nooit over aan een dienstbode, alleen de moeder van de jongen mocht hem volgens de vaderlijke richtlijnen koesteren en verzorgen. Hij hield streng toezicht op de vorderingen van zijn zoon op school, stimuleerde hem door beloningen tot uitzonderlijke prestaties.

Hans Gross had een visioen: zijn zoon, Otto, wordt arts en docent aan de Universiteit van Graz. Otto, een levend voorbeeld van de positivistische erfelijkheidsleer, draagt de talenten en waarden van zijn vader uit tot ver na diens dood. Otto, het verlengstuk van hemzelf.

Aanvankelijk verliep alles naar wens. Er groeide een klein wonderkind op, waardige zoon van de beroemde misdaadpsycholoog. Natuurlijk waren er ook af en toe kleine strubbelingen geweest, Otto legde soms een kinderlijke zwakheid aan de dag, medelijden met dieren bijvoorbeeld. De jongen zou nog wel harder worden, zo troostte de vader zich, belangrijk bij de opvoeding was een harde hand, want de wereld zoals Hans Gross die vanuit zijn perspectief zag, zat vol slappelingen: psychopaten, homoseksuelen, misdadigers. Deze dégénérés moesten verbannen worden naar een afgelegen eiland. Zijn 'strafkolonie'-project, waarmee ook de schrijver Franz Kafka zich bezighield, moest alleen nog verwezenlijkt worden, ondertussen beijverde Hans Gross zich met zijn theorieën en teksten de wereld van dit menselijke schuim te verlossen.

'De school moet harder optreden,' had hij een keer tegen Zöchbauer gezegd, 'de leerlingen lanterfanten als ze uit school komen op weg naar huis, sommige spelen zelfs met een bal op straat! Orde en regelmaat, dat zijn stelregels die in de opvoeding tot hun recht moeten komen!'

'Ach, Gross,' had Zöchbauer geantwoord, 'zo simpel ligt dat niet. Het lijkt wel of jij kinderen wil met een sleutel in hun rug, die naar vaders believen wordt opgedraaid? Met een inwendige klok die tikt zoals hij dat wil?'

Otto tikte in ieder geval naar behoren. Op zijn twintigste was hij dokter. Dankzij zijn vaders invloed lag aan de Universiteit van Graz al een baan als docent in het verschiet. Een beetje wereld-ervaring vooraf kon geen kwaad, hij vertrok als scheepsarts naar Zuid-Amerika! Tijdens de overtocht reikte een jonge vrouwelijke arts hem wondermiddelen tegen psychische ontstemming aan... Opium. Cocaïne.

Verdovende middelen, een Sesam open u.

De wereld van zijn vader verloor zijn contouren en scherpte, verwerd tot bordkartonnen decorstukken die je net als op het toneel in en uit elkaar kon schuiven, door de opening glipte Otto naar de andere wereld.

Verwonderd zag hij een onvermoed, driedimensionaal, uitbundig gekleurd universum.

Zijn vader zat in zijn eigen wereld, die hij voor de enig juiste hield, te wachten op de terugkeer van zijn zoon. Zijn moeder was wanhopig, zijn vader leed in stilte.

De zoon kwam laat en uit zijn doen terug. Wilde direct geld hebben om zich opnieuw toegang te verschaffen tot de andere wereld. De vader begreep dat alleen geld nog de navelstreng was die zijn zoon aan hem bond. Een belangrijke verbinding, zeker. Tot de zoon zijn weg naar het normale leven had teruggevonden, kon hij op die manier macht uitoefenen.

Maar het gezonde verstand, dat met zijn zoon mee op wereldreis was gegaan, keerde voorlopig niet terug.

Toen begonnen wat zijn vader de 'ongelukkige vrouwengeschiedenissen' noemde. Otto, te gevoelig en goedgelovig, liet zich door vrouwen om de vingers wikkelen, of liever: ze bleven aan hem kleven. 'Je moet ze afschudden, ze zijn alleen maar uit op je geld,' oordeelde zijn vader. Maar zijn zoon was te invoelend en raakte de bewonderende, smachtende, verliefde vrouwen niet meer kwijt. Gelukkig kwam met zijn vaders geld een en ander weer in orde. Otto moest direct trouwen, besloot de familie. Maar met wie? Frieda Schloffer, een knappe, verstandige vrouw uit Graz en uit onbemiddelde maar keurige familie, viel bij zoon en vader in de smaak.

Het huwelijk werd in februari 1903 gesloten, na Otto's eerste ontwenningskuur in de kliniek Burghölzli in Zürich. Van Frieda werd verwacht dat ze haar jonge echtgenoot van de drugs en zijn onverstandige levenswandel afbracht. Haar schoonvader betaalde de woning in de buurt van het Nymphenburger Schloss, Frieda moest hem als dank van Otto's psychische gesteldheid op de hoogte houden. Zo kreeg haar schoonvader dus alles te horen: de ontwenningskuur in Ascona, Frieda's zwangerschap en de geboorte van de kleine Peter, Otto's terugval in de drugs, zijn louche bohemienvrienden in café Stefanie.

In het voorjaar van 1908 stapelden de slechte berichten zich op.

6

Ook moeder Ullmann had in die aprilmaand van 1908 zorgen aan haar hoofd.

Wat moest ze doen om te voorkomen dat het leven van haar dochter niet al op haar vijfentwintigste jaar geruïneerd was door twee buitenechtelijke zwangerschappen, en dan ook nog eens van twee verschillende mannen? Ze zouden Rega voor een willig, lichtzinnig meisje houden, terwijl ze juist zwaar op de hand en wereldvreemd was, maar maakten die eigenschappen vrouwen voor verleiders niet tot een makkelijke prooi? Ach god, mij treft ook schuld, dacht ze. Heb ik mijn onervaren Rega in Wenen niet vol vertrouwen aan die Dorn overgelaten, in de veronderstelling dat hij de *grens* in acht zou nemen. En dan, alsof dat niet genoeg was, heb ik die psychotherapeut voor zijn 'behandelingen' de sleutel van haar kamer gegeven! Het kind komt al in de zomer ter wereld, waar haal ik goede raad en geld vandaan?

Ze gaat nog een keer op bezoek bij Frieda Gross. Maar in de tram herinnert ze zich de deprimerende scène, de rotzooi, het jengelende kind, nee, dat doet ze niet nog een keer. Sinds de ochtend denkt ze na over een oplossing voor haar problemen, verzint en verwerpt, verzint en verwerpt, en zoals altijd wanneer het rommelt in haar hoofd, komt ze in de verleiding een nieuwe hoed te kopen. Een chic hoofddeksel, dat haar beschermt, een schild tegen het onrecht in haar leven. Ze stapt uit de tram en gaat in plaats van naar Nymphenburg te voet naar Rosental, naar het Joodse warenhuis Uhlinger, dat bekendstaat om zijn goede en modieuze kleding.

Zonder dat ze het van elkaar weten, is ook Rega die morgen op weg naar Uhlinger, om een witte bloes te kopen. Als ze langs de hoedenafdeling loopt, ziet ze haar moeder voor de spiegel staan. Mevrouw Ullmann heeft alleen ogen voor de hoed, met beide handen houdt ze het viltgebergte vast, trekt hem recht, brengt hem met tikjes van haar handpalmen in vorm. Haar dochter slaat haar vanuit de verte gade. Voor het eerst valt haar op dat ook het gezicht van haar moeder vormloos is geworden, onder de hoedconstructie lijkt het slap, vol rimpels en plooien, alsof het eveneens geslagen is door het leven. Is dat mijn moeder? denkt ze verwonderd, heb ik echt ooit hulpeloos in haar buik gezeten? Ach, ik wil nooit meer ineenschrompelen en daar bescherming zoeken! Bleef ik maar net als mijn zus Helene buiten schot! Haar moeder is wanhopig als berichten uit Engeland uitblijven, kijkt reikhalzend uit naar de brieven, die steeds minder vaak komen: 'Rega, begrijp jij waarom ze niets meer van zich laat horen? Heb ik niet mijn hele leven voor Helene en jou opgeofferd?'

'Ja, moeder, dat heb je.'

Offer, een moederwoord. Dergelijke gedachten zijn tot nu toe nooit in Rega's hoofd opgekomen. Of waren ze altijd al aanwezig, onzichtbaar, als waterplanten op de bodem van haar ziel, die nu, door Otto's invloed, naar het licht groeien en hun knoppen ontvouwen boven de waterspiegel? Hoe het ook zij, ze verwondert zich, voelt zich schuldig.

Ondertussen staat Hedwig Ullmann nog steeds voor de spiegel met die reusachtige hoed van pikzwarte crêpe. Rega kan toch niet op haar afstappen zolang de afweer op haar voorhoofd geschreven staat? En zo sluipt de dochter, door de moeder onopgemerkt, naar de damesconfectie. De verkoopster laat Rega een wijde bloes zien met blauwe korenbloemen erop geborduurd, 'Gebloemde patronen leiden af van overtollige rondingen,' zegt ze.

Als ze klaar is met inkopen doen besluit Rega toe te geven aan haar verlangen om Otto te zien, temeer daar ze gehoord heeft dat het slecht met hem gaat. Dat ze daarmee het verbod van haar moeder naast zich neelegt, geeft haar een merkwaardig vrij gevoel. In de Türkenstrasse weerspiegelt de zon in de plassen, jongelui lopen twee aan twee met mappen en boeken onder de arm de universiteit uit en gaan op de terrassen zitten. Rega betreedt een binnenplaats, loopt de trap op, naast de deur op de bovenste verdieping ziet ze een nieuw, met de hand geschreven bord hangen: *Dokter Gross, in Oostenrijk officieel erkend arts, psychotherapeut.*

De deur is niet op slot. In de voorkamer nog steeds de treurige lege wachtstoelen, de verfomfaaide tijdschriften. De zolderachtige achterkamer grijs, als vol met spinnenwebben. Door een openstaande deur ziet ze Otto op bed liggen. Daar drijft hij met zijn blik naar boven gericht, als op een stuurloze aak.

'Otto?'

Hij blijft roerloos liggen.

'Otto, heb je pijn?'

Hij knikt. Spreekt onduidelijk.

Heeft hij te veel of juist te weinig drugs genomen? Hoofdpijn, spierpijn? Ze knielt voor zijn bed. Legt haar hoofd op zijn arm, wil met hem ten onder gaan. Later zal ze schrijven: *Ze dacht aan de dood. En als ze niet jong en ondanks haar radeloze toestand hartstochtelijk was geweest, zou ze op dat moment naar hem, de dood, verlangd hebben. Hij is de broer van het geluk. Onterfd, weggestuurd uit de wereld van de vreugde, de hoop. En zonder kun je niet leven.*

Het flesje op de vensterbank... ach, dat zal toch geen gif zijn, Else Jaffé overdrijft nu eenmaal altijd graag. En zo ja, dan hadden ze in de tijd dat ze bij elkaar waren samen moeten sterven. Nu neemt het leven zijn gevoelloze loop, iedere nieuwe dag scheidt hen onverbiddelijk van elkaar.

De heerlijke tijd van hun liefde. 'Houd je aan de *grens*,' had haar moeder destijds gezegd, en nog behoedzamer dan Dorn had Gross haar over de grens gedragen. In het beslechten van de grens, de topos van de liefde, had ze zichzelf bewoond. Haar lichaam en haar ziel, die anders elkaars vijandig gezinde broer en zus waren, voor één keer in harmonie.

Maar is de liefde niet ook gevaarlijk? Lijkt ze niet op de koorts die haar vader na de jacht, waar hij zo hartstochtelijk veel van hield, het leven benam? Liefde en dood zijn ook later in de verhalen van de schrijfster Regina Ullmann onlosmakelijk verbonden. Neem het verhaal van de alpenherder in 'Begin en einde van een boosaardig verhaal', die gegrepen wordt door de liefde voor een dertienjarige en die deze bedwelming met zijn leven moet bekopen. De boer in het verhaal 'De herberg met het oude uithangbord', die door de liefde voor een zwakzinnig meisje overmand is. Om de ongepaste hartstocht te ontlopen trouwt hij met de eerste de beste vrouw. Maar de geliefde, een half natuurwezen, wreekt zich.

Hoe groot mijn verdriet ook is, ik kies voor het leven. Rega legt haar hand in een beschermend gebaar op haar buik. Zijn kind groeit in mij, vol verlangen naar het leven zal het spoedig mijn lichaam verlaten...

Met een ruk staat ze op. Hij merkt dat ze in de deuropening staat, tilt met moeite zijn hoofd op. Plotseling kan hij duidelijk spreken. 'Rega,' zegt hij, 'ik blijf van je houden.'

De klank van die zin blijft haar bij, maandenlang het enige pand van hun verbondenheid. En dan hoort ze zichzelf als van ver zeggen: 'Zo gauw ik op eigen benen sta, Otto, haal ik je kind weg uit het pleeggezin. Ik zal er op een goede dag vreugde aan beleven.' (Later, als ze de vijftienjarige Camilla voor zich ziet, herinnert ze zich die zin.)

Maar op de terugweg krijgen verdriet en woede de overhand: waar is hij nu, die sterke geliefde, die me helpen zou mijn eenzaamheid te overwinnen? *Nieuwe verhoudingen, dat is je toekomst... weg van de moederbinding en de druk van de traditie, moet je je eigenheid vinden...* Ze lacht bitter. En waar ben ik uitgekomen? Weer aan de schortband van moeder, die tot in het kleinste detail uitstippelt hoe de Ullmanns voor de tweede keer de schande kunnen ontlopen...

Hedwig Ullmann hoort bijna precies op datzelfde moment van een kennisje dat in de Türkenstrasse een rommelwinkeltje heeft, dat Rega bij Gross was. Ze staat haar dochter in de gang op te wachten. Ze is met haar nieuwe hoed indrukwekkend groot en geeft als gewoonlijk impulsief lucht aan haar verontwaardiging. 'Ik wil je helpen, mijn kind, maar als je nog één keer naar hem toegaat, na alles wat er is gebeurd, dan ben ik klaar met jou!'

Er moet een streep onder deze nutteloze en gevaarlijke verhouding getrokken worden, besluit Hedwig Ullmann. Rega moet, ook hierom, deze maand nog naar Wenen. De vrouwenarts Bublinger, die Rega bij het vorige malheur heeft bijgestaan, moet voor de zwangere vrouw in Wenen een goedkoop pension en een geboortekliniek vinden, waar ze, vanwege de discretie, anoniem kan bevallen. Mevrouw Ullmann zal de baron du Moulin, professor in de geschiedenis aan de technische hogeschool, in zijn kantoor opzoeken, hij, een man van eer, heeft ook al voor de kleine Gerda de voogdij op zich genomen, de vermelding in het stadsblad onder de buitenechtelijke geboortes kon door zijn toedoen worden voorkomen. Dat kost allemaal geld. Er zit niets anders op dan familie om een lening te vragen zonder te zeggen waarvoor. Ach, die moeilijke weg van het bedelen. En Rega een blok aan het been, omdat ze weigert een brief te schrijven om om geld te vragen. Te ijdel om een du Moulin de naam van de vader te noemen! Maar mevrouw Ullmann weet dat de nood haar dochter leren zal dat soort aanstellerigheid achterwege te laten.

7

Met al die jobstijdingen uit de Menzingerstrasse vocht Hans Gross wanhopig voor zijn zoon, die er klaarblijkelijk alles aan deed om de spot te drijven met de vaderlijke principes. Om de naam van de familie te redden ondernam vader Gross allerlei activiteiten, hij deed het vertoornd, verbeten.

Op zijn aandringen had Frieda haar echtgenoot met een list uit zijn hol in de Türkenstrasse naar het huis in Nymphenburg gehaald. Maar het verwachte resultaat, een geregeld leven, bleef uit: Otto gebruikte meer drugs dan ooit, schreef ze, bij de cocaïne was een aanzienlijke dosis opium gekomen, de verdovende middelen kostten per maand honderd mark, rekende Frieda voor. Ze hield het samenleven niet meer uit. Stond op *chambre separée*! Ze moest wel, want Otto maakte een smeerboel van zijn kamer, hij trok geen schoon ondergoed en geen schone kleren meer aan, liet 's nachts het licht branden… Hij was van plan te verhuizen naar een benedenwoning aan de Mandlstrasse.

Ook over andere klachten wond Hans Gross zich bijzonder op: Otto zou een patiënte, een jonge Joodse vrouw, zwanger gemaakt hebben en haar tot zelfmoord hebben willen verleiden. Zijn zoon begon *onberekenbaar* en *gevaarlijk* te worden, zo had Else Jaffé het tegen Frieda gezegd. Frieda schreef het plichtsgetrouw aan haar schoonvader in Graz, en Hans Gross herhaalde het in een brief aan Sigmund Freud.

Er moest ingegrepen worden en wel direct, Hans Gross dacht ook aan zijn eigen reputatie. Voor de buitenwereld klopte het allemaal nog, Otto was in naam nog altijd als docent aan de Universiteit van zijn vaderstad Graz verbonden, ook al gaf hij geen colleges en bleef hij koppig in München wonen. Frieda en Hans Gross kwamen tot de conclusie dat alleen een kuur in de psychiatrische kliniek Burghölzli in Zürich hem nog kon helpen, Otto had daar tenslotte in 1902 goede ervaringen opgedaan. Het was het juiste moment om Otto van het toneel te laten verdwijnen, want van de moeder van de zwangere Rega Ullmann was een geldvordering binnengekomen.

Hans Gross ontplooide een koortsachtige schrijfdrift, er gingen brieven naar Eugen Bleuler, directeur van Burghölzli, naar de geneesheer-psychiater ter plaatse, Carl Gustav Jung, en naar Sigmund Freud in Wenen. Dokter Freud, een oude bekende van de familie, moest zijn gezag aanwenden om een plaats in de gerenommeerde kliniek in Zürich te regelen, waarvoor een wachtlijst gold.

Het moest erop lijken alsof de kuur in Burghölzli Otto's eigen idee was, had Hans Gross aan Eugen Bleuler geschreven: *Wij kunnen hem er niet rechtstreeks toe bewegen, daar hij de opvatting is toegedaan dat ouders hun kinderen niet kunnen beïnvloeden.* In dezelfde brief bedankte Hans Gross hem voor de toestemming, *dat we tegen de buitenwereld mogen zeggen dat mijn zoon voor studiedoeleinden in Burghölzli is, zo kunnen we hem wellicht voor erger behoeden en kan hij ook zijn baan als docent behouden. (...) Ik herhaal nog een keer hoe innig dankbaar wij u zijn;*

beschouwt u het als een grote dienst, die u ons, de veelgeplaagde ouders, daarmee bewijst! Uw eerbiedig toegenegen en dankbare collega H. Gross.

In de Bergstrasse in Wenen werd Sigmund Freud, meer dan hem lief was, door briefwisselingen afgehouden van zijn theoretisch werk. De laatste tijd voerde hij een drukke correspondentie met zijn leerling Jung. De jongere collega koesterde wantrouwen tegen de freudiaanse theorie dat hysterie en dementia praecox in het algemeen door seksuele traumata worden veroorzaakt. Dergelijke 'meningsverschillen', zoals Freud ze noemde, waren weliswaar onaangenaam, maar moesten toch niet tot onenigheid tussen hem en de begaafde leerling leiden. De jongere collega, vond hij, had tijd nodig om dezelfde ervaringen op te doen als hij, Freud, de afgelopen vijftien jaar. Freud noemde in een brief ook de aanstaande bijeenkomst van de psychoanalytici in Salzburg. Daar konden ze vast wel even van gedachten wisselen, schreef hij. *Ook Otto Gross zal ons evenwel bezighouden; hij behoeft nu dringend uw hulp als arts, het is zonde van de hoogbegaafde en gedreven man. Hij is volledig verslaafd aan de cocaïne en heeft mogelijk een beginnende toxische cocaïneparanoia. Ik koester grote sympathie voor zijn vrouw, een van de weinige Germaanse vrouwen die ooit bij me in de smaak zijn gevallen.*

De Salzburger bijeenkomst begon op 27 april. Otto Gross liet zich maar heel weinig zien, hij voelde zich bekeken in het hotel, werd gezegd. In collegiale kring werd er al over paranoia gefluisterd en men keek dan ook op toen Gross in het kader van de bijeenkomst een briljante redevoering hield. Hij sprak over nieuwe sociale perspectieven, die zich door de psychoanalyse openden, de ontsluiting van het onbewuste zou wel eens een uitwerking kunnen hebben op het hele beeld van de cultuur, een verandering van de ethische en sociaalpolitieke denkbeelden over de maatschappij was ophanden.

Freud kwamen die uitspraken verontrustend visionair voor, hij was op dat moment niet bereid hoogvlieger Otto Gross te volgen. Zijn laatste woord daarover: *We zijn dokters en dokters moeten we blijven*, had een ontnuchterende uitwerking op Gross. (Veel later, als Gross allang uit het bewustzijn van de vakkringen is verdrongen, zal Sigmund Freud op zijn inzichten teruggrijpen in de verhandeling *Het onbehagen in de cultuur*.)

Otto Gross had er ondertussen vrijwillig in toegestemd bij Jung in analyse te gaan, maar hij stond in het spanningsveld tussen de oude meester en zijn rivaliserende leerling. Freud schreef op 8 mei 1908 een opnameverklaring en noteerde voor Jung in een begeleidend briefje: *Hierbij de verklaring voor Otto Gross. Als hij binnen is, laat hem er dan niet voor oktober uit, dan kan ik hem van u overnemen.*

Voor Jung stond echter vast dat hij de analyse van de vooraanstaande patiënt zelf ging doen.

8

Op 18 mei, het was het prachtigste voorjaarsweer, kwam Otto Gross aan in de psychiatrische kliniek Burghölzli in Zürich.

Frieda, die hem begeleidde, liet haar echtgenoot opgelucht achter in een kamer met discreet van tralies voorziene ramen. Zelf betrok ze een klein, chic hotel beneden in de stad, maar de eerste twee dagen kwam ze op verzoek van Jung voor de optekening van de ziektegeschiedenis naar de kliniek. Zij was hem door Freud als gevoelige en intelligente vrouw aanbevolen, er was dus geen reden waarom hij zich niet op haar verklaringen zou baseren. Frieda maakte een ontspannener indruk dan in Salzburg, de kleine Peter had ze bij het kindermeisje in München gelaten, even kon ze aan haar plichten ontsnappen.

In een nieuwe zomerse deux-pièces zat de blondine met haar weelderige vormen tegenover de geneesheer-psychiater, blij dat ze haar zorgen in deskundige handen kon leggen. De tweede dag leunde ze zelfs af en toe achterover en lachte haar mooie tanden bloot, en Jung vroeg zich af of het soms die lach was die Sigmund Freud in de 'Germaanse' had aangetrokken. Frieda voelde zich door Jung serieus genomen, bereidwillig en uitvoerig ontvouwde ze hem haar lange lijst met klachten.

De ziektegeschiedenis, gebaseerd op de verklaringen van Frieda Gross, bevindt zich nog steeds in het archief van de Burghölzlikliniek. Over Gross' relatie met Regina Ullmann staat daarin te lezen:

Het afgelopen jaar was hij begonnen met de 'behandeling' van een Joodse vrouw, Rega Ullmann (die al een onwettig kind had) en overschatte deze vrouw in hoge mate, ondanks de grote bezwaren van zijn vrouw en zijn vrienden. Ze schrijft een beetje, maar er zou geen sprake van een groot talent zijn. Hij was echter overtuigd van de genialiteit van U. en wilde die door analyse in haar vrijmaken. Ten slotte liet hij zich verleiden een kind bij haar te verwekken. Hij nam in die tijd grote hoeveelheden opium. Geen enkel verzoek of bezwaar van zijn vrouw weerhielden hem van deze stap. Tijdens deze 'behandeling' was hij steeds zeer opgewonden. Analyseerde Rega U. vaak nachtenlang en beweerde dat zijn leven van die behandeling afhing.

Jung lijkt deze informatie van de echtgenote niet nader onderzocht te hebben.

Tegelijk met de analyse begon in hoog tempo de ontwenningskuur. Op de vijfde dag werd de opium al verlaagd van 6 naar 3 gram. Na tien dagen werd hij helemaal weggelaten. De ontwenningsverschijnselen verdwenen volgens Jung tijdens het analysegesprek. (Ergens anders noteert hij echter dat Gross brulde als een dier en uit woede een stoel stuksloeg.) De opium werd vervangen door codeïne, 4 gram, en geleidelijk werd ook deze hoeveelheid verlaagd.

Op 10 juni staat er in zijn aantekeningen: *Vandaag nog slechts 0,3 codeïne. Na geslaagde analyse van gekrenkte weerstanden, gaf hij het 'cocaïne-narcoticum-snuiven', de codeïne en het af en toe nemen van paraldehyde helemaal op.* En op 12 juni: *Zonder ontwenningsverschijnselen zeer goed. Vriendelijk maar erg labiel, huilt erg snel, spreekt ook, als hij lacht, met een wat huilerige stem. Hij is ervan overtuigd dat hij weer helemaal beter is.*

Niet alleen voor de therapeut, die er later over klaagt dat de behandeling een grote inspanning was, ook voor de patiënt was het een zware tijd. Otto Gross was niet in staat de van Jung geleende boeken te lezen, hij vond alleen wat afleiding in het tekenen. Jung merkt daarover op: *Behalve de analyse zit hij alleen maar infantiel te tekenen.*

9

Terwijl Otto Gross in Burghölzli verbleef, woonde Rega op last van haar moeder in ballingschap in Wenen. In haar memoires zal ze later schrijven dat die weken de ergste van haar leven waren. Bij de zielenpijn kwam lichamelijk lijden, de jonge vrouw leed honger, want haar moeder had haar voor het hele verblijf maar driehonderd mark kunnen meegeven, daar moest ook de bevalling van betaald worden. (*En het geld dat je van me meekrijgt, moet ik natuurlijk ook weer terug hebben.*)

Om haar dochter moreel te ondersteunen, schreef Hedwig Ullmann haar iedere dag, maar de brieven, die vaak met *Mijn lieve* of *Mijn arme kind* begonnen en met *je trouwe moeder* eindigden, boden weinig houvast en ondersteuning. Ze cirkelden om haar eigen leventje, dat er in tegenstelling tot het leven in ballingschap dat Rega leidde, erg idyllisch uitzag: naar de cultuurvereniging geweest, in *Leopold* koffie gedronken, een afgeprijsde zomerjas gekocht, de zomerhoed is leuk geworden, toen weer bedelbrieven geschreven enz.

In iedere brief drong ze er bij Rega op aan eindelijk Gross om een alimentatie te vragen, nu het water haar aan de lippen stond, moest ze voor zichzelf leren opkomen.

Rega zat in een piepklein kamertje van een armoedig pension achter haar schrijfblok aan de tafel waarop ook de waskom stond. Vol verdriet over de scheiding dacht ze aan Otto. Aan de andere kant van de smalle straat veroverde het licht van de vroege zomer de muren van de huizen. In de late uren van de ochtend kleurde het beschadigde pleisterwerk groenig, in de hitte van de middag wit, de lucht boven het straatje begon te trillen, en nog steeds zat Rega achter het lege vel papier. Wat een kwelling om op bevel van haar moeder te schrijven.

Uiteindelijk begon ze voor het bijtende licht van de eerste middaguren met de eerste regels. Het kostte haar nog steeds moeite Otto een concreet verwijt te maken. Hij wilde haar helpen en had van haar gehouden, zij hield ook van hem en was zwanger geworden. Dat lag in de aard van de liefde. Maar nu belemmerden zijn levensomstandigheden hem haar met geld te ondersteunen.

Met innerlijke tegenzin begon ze in kleine woordeenheden te schrijven, zoals je een bitter medicijn met kleine slokjes tot je neemt. De woorden schaamden zich om op papier gezet te worden, heel andere woorden drongen naar voren toen ze aan de geadresseerde dacht, zo streden urenlang de goede en verkeerde woorden in haar. Alleen in de laatste zin zegevierden de goede: *Blijf van je Rega houden.*

Moeder Ullmann had bevolen dat de brief aan Gross eerst naar haar gestuurd moest worden, want Gross was misschien al met Frieda naar Zürich afgereisd, en zij zou het adres van Burghölzli achterhalen.

Toen Rega's brief in München aankwam schreef haar moeder per kerende post terug: *'Blijf van je Rega houden'* heb ik doorgestreept. Hoe kom je erbij, je bent toch klaar met die man.

In Wenen nam de hitte toe. Tegen de avond vulden de nauwe straatjes zich met het lawaai en de vieze luchtjes van de goedkope huizen. De vrouwenarts raadde Rega aan de laatste weken op het platteland door te brengen.

Maar haar moeder had inmiddels een ander plan opgevat: om geld voor de tram uit te sparen was Hedwig Ullmann in München op een warme dag een stuk te voet gegaan. Ze had dorst gekregen, was de kasteeltuin in gelopen en besloot het uitgespaarde geld aan een ijskoffie uit te geven. Buiten waren alle tafeltjes bezet en mevrouw Ullmann was naast een haar onbekende vrouw gaan zitten. De hitte maakte de tongen los, Hedwig vertelde de sympathieke onbekende vrouw over haar zorgen, over haar arme kind, dat in den vreemde de geboorte van een onwettig kind afwachtte.

De onbekende vrouw luisterde aandachtig en werkte mevrouw Ullmann vervolgens op het gemoed: ze moest haar dochter naar München terughalen! Of ze er dan niet aan gedacht had dat haar dochter zich in haar wanhoop iets aan kon doen? Als de neerslachtige stemming van de zwangere vrouw een ongunstige invloed op het kind had, als de geboorte slecht verliep, dan zou de moeder met haar harde beslissing mede schuldig zijn.

Dat raakte mevrouw Ullmann. Ze bedacht tot in het kleinste detail een nieuw scenario en schreef haar dochter dat ze terug mocht komen, maar niet voor 1 juni, eerst moesten enige hindernissen uit de weg worden geruimd. De grootste hindernis was de jonge hulp in de huishouding, Wally, een goeiige babbelkous die het geheim in de buurt zou verklappen. Onder het voorwendsel dat er geen geld meer was, moest haar betrekking worden opgezegd. Wally moest nog één keer komen om in Rega's kamer alle herinneringen aan Gross weg te poetsen: *Ook de tekeningen van Gross, want alles wat aan hem herinnert moet weg. Natuurlijk verheug ik me ook op ons weerzien, na zulke zware tijden moet ons samenleven toch beter zijn. Vraag mevrouw Bublinger om advies, mijn kind, zij moet je nog één keer onderzoeken, of alles in orde is. Ik laat in jouw kamer van die mousseline gordijnen maken die je kunt dichttrekken, dan kunnen de nieuwsgierige buren niet steeds naar binnen kijken, en jij hebt lucht in je kamer, en wij leven nog gezellig samen.* Voor de bevalling kwam een bepaald vrouwentehuis in aanmerking: *Je krijgt daar een andere naam, er zijn daar al veel dergelijke discrete gevallen geweest.* Ook wat de reis betrof, liet haar moeder niets aan het toeval over: Rega moest een nachttrein nemen en op de Ostbahnhof uitstappen. *Ik sta niet op het perron, maar wacht op je in de wachtzaal derde klas.* Vervolgens zou ze met haar hoogzwangere dochter een dichte koets nemen.

Voor de zoveelste keer drong moeder Ullmann erop aan dat Rega voor haar vertrek absoluut in de Berggasse in Wenen Sigmund Freud moest opzoeken en hem om raad en geld moest vragen. Zij, de moeder, had geen kreuzer meer! *We maken het ons behaaglijk, als we maar wat meer geld hadden. Dat is toch te treurig voor woorden dat we helemaal geen financiële armslag hebben. Je was vreselijk lichtzinnig. Over Gross wil ik het niet meer hebben, die is het gewend dat anderen voor zijn kinderen zorgen. Du Moulin zegt ook, dat dat schofterig is. Ik verlang zo naar je.*

Overmand door haar eigen mildheid beëindigt ze de brief met de moederlijke verzuchting: *Hoe ruim en groot is toch het moederhart, dat zie ik nu pas.*

10

In juni neemt ook in Zürich de hitte toe. Gross zit, zo vaak als de therapie het toelaat, in de tuin van Burghölzli. De inrichting ligt idyllisch, met prachtige wijn- en boomgaarden, het statige huis kan zo voor een hotel met uitzicht doorgaan, ware het niet dat soms achter de ramen met discrete tralies het geschreeuw van een patiënt te horen is. Op de plek waar je in de diepte het meer van Zürich ziet schitteren, groeien in de moestuin bonen en kruisbessen. Als patiënt eerste klasse zou Gross in de gelegenheid zijn de culinaire hoogstandjes van de inrichtingskeuken uit te proberen, maar de ontwenning van de verdovende middelen veroorzaakt buikpijn en diarree.

Toch klaagt Gross niet. Jung zegt dat de analyse spoedig afgerond kan worden, de patiënt is verheugd, dringt op ontslag aan. Jung gaat niet op zijn verzoek in, waarschijnlijk de wens indachtig van Freud, die de prominente patiënt zelf wil behandelen. Een zo hoogbegaafd, veelvoudig gestoord mens, die bovendien zelf ook psychiater is, is per slot van rekening een krent in de pap. En een patiënt eerste klasse is voor inkomsten van de inrichting niet te versmaden.

Tijdens de middagrust ziet Gross collega Jung onder de bomen van de oprijlaan met een knappe jonge vrouw lopen. Ze is slank en heeft donker haar, de rand van haar witte zomerhoed wipt onder het lopen op en neer. Jung blijft staan, streelt haar blote arm. Dan loopt het paar verder. Schaduw en licht werpen patronen op hun kleding.

Eenmaal meent Gross tussen de boomtakken door te zien dat Jung de jonge vrouw kust.

Tegen de avond wordt de draad van het therapiegesprek opgenomen, het verloopt stroef, de geneesheer-psychiater staat zichzelf en de patiënt geen pauze toe. Het avondeten wordt overgeslagen. Buiten is het schemerig geworden, Jung maakt een vermoeide indruk, duwt het raam open.

'Wat is er, collega Jung? U bent er niet helemaal bij met uw hoofd!'

De geneesheer-psychiater is onaangenaam verrast. Wat betekent dat veelzeggende lachje? Doorziet de patiënt, die geanalyseerd moet worden, de analyticus? De rollen omgedraaid. Hun overeenkomst komt Jung haast spookachtig voor.

Het therapiegesprek gaat verder, ondertussen vullen de ramen zich met het donker van de nacht. Nog drie moeizame uren. Weer duwt Jung het raam open. Zucht. Wrijft in zijn ogen. Kijkt naar het meer, dat nu aan de overkant een paar lichten weerspiegelt.

'Collega Jung, was dat uw vriendin vandaag in de tuin?'

Aan Jungs slaap begint een ader te kloppen. Hij voelt zich betrapt. Gross, de expert als het om verhoudingen gaat, heeft zijn ogen niet in zijn zak. Jung probeert luchtig te antwoorden: 'Ach, Sabina Spielrein? Dat is een patiënte van me. Herinnert u zich nog dat ik op het congres voor neuropathologie in Amsterdam de casus van een Russische Jodin heb besproken? Mijn therapie volgens de freudiaanse methode heeft succes gehad, mag ik wel zeggen, de juffrouw studeert sinds drie jaar medicijnen aan de

Universiteit van Zürich en schrijft, als alles goed gaat, een dissertatie over dementia praecox.'

'En houdt u van haar?'

'Ik moet u bekennen dat de patiënte het me tijdens de analyse moeilijk maakte met de overdracht van haar erotische gevoelens. Ze is verliefd op me geworden, wil zelfs een kind van mij...'

'Wel, collega Jung, de overdracht is een probleem van de monogame maatschappij, als de normen veranderen is het er niet meer.'

'Hoe bedoelt u?'

'De mens is van nature polygaam. Waarom kunt u niet tegelijkertijd van uw vrouw houden en van die studente, die een ander aspect van het verschijnsel vrouw representeert? Waarom staat u zichzelf zo'n waardevolle ervaring niet toe?'

Het loopt tegen middernacht, Gross legt enthousiast zijn theorieën uit, zijn analyticus luistert geboeid, zuigt de nieuwe gedachten op. Het is met de *stekelige* Gross vaktechnisch heel aangenaam praten, zal Jung Freud later schrijven. Het gesprek heeft de geneesheerpsychiater stof tot nadenken gegeven.

De volgende dag rust zijn blik op het meer en de daarachterliggende bergen. Zelfs in juni glinsteren op de Glarner Alpen de ijsvlakten, wat voor geheim verbergen de bergen onder al die vorst? Het wateroppervlak van het meer glanst. Gegalvaniseerd staal.

Jung wil Sabina voorstellen met hem een boottochtje te maken. Hij vindt het fijn met haar samen te zijn. Hij is haar analyticus, maar in geen enkel leerboek is hij zo veel over zichzelf te weten gekomen als in de ontmoetingen met de geheimzinnige Russin. Ze weerspiegelt zijn gedachten. Vervolmaakt zijn voelen, schudt zijn verdrongen, nooit aan het licht gekomen *Ich* wakker. Zijn vrouwelijke pool. *Zijn anima* zal hij dat later noemen. Heeft niet ieder mens ook genen van het andere geslacht in zich?

De zinnelijkheid van de jonge Russin zet hem onder druk, maar Jung houdt zich in. Waar moet hij zijn fascinatie voor de jonge vrouw onderbrengen? Waar krijgt die een plaats in zijn doelgerichte, met ambitieuze plannen gevulde leven? Net als in een burgerlijke salon volgestouwd met meubels is alles er: Emma Rauschenbach, zijn echtgenote die van aanpakken weet en uit een rijke familie stamt. Ze heeft hem twee dochters geschonken, Agathe en Grit, een derde kind, misschien de zo gewenste zoon, is op komst. Het gezin woont nu nog in Burghölzli, maar het nieuwe huis dat gebouwd wordt aan de oever van het meer in Küsnacht kan spoedig worden betrokken. Jung wil carrière maken, al was het maar om dat hij dat aan zijn familie verplicht is. Hij heeft alleen de directeur van de inrichting nog boven zich. Voor de asceet Bleuler zou een liefdesgeschiedenis tussen geneesheer-psychiater en patiënte een ongehoord schandaal zijn. Dat Jung vertrouwlijk is met de patiënt Otto Gross is al een steen des aanstoots. En toch: Otto Gross' ideeën spelen Jung dagenlang door het hoofd.

Op een van de daaropvolgende avonden confronteert hij zijn vrouw Emma met het idee van de polygamie. Maar Emma wijst het fel af, met een man die zijn polygame verlangens uitleeft, is het onmogelijk een huwelijk in stand te houden.

Jung luistert naar zijn gezonde verstand en schrijft Sigmund Freud een jaar later, in 1909:

Het behoeft nauwelijks een toelichting dat ik definitief een punt heb gezet achter de geschiedenis (met S. Spielrein). Ze is, net als Gross, een geval van strijd tegen de vader (...) Bij de hele geschiedenis hebben Gross' ideeën me een beetje te veel door het hoofd gespookt...

II

De analyse was zo goed als afgesloten, Frieda mocht haar man weer bezoeken. Hij sprak over een spoedig ontslag, gaf hoog op van een nieuw leven in vrijheid, maar Frieda had daar geen oren naar, eerst verwachtte ze van de arts een stevig onderbouwde diagnose. Als Otto geestesziek was, dan zou dat haar vrijpleiten, haar schoonvader wierp haar immers voortdurend voor de voeten dat ze haar echtgenoot niet van de drugs had kunnen afbrengen.

Frieda, die goed op verhaal was gekomen in Zürich, en Gross waren bij de eerste ontmoetingen 'een hart en een ziel', maar algauw begonnen de twee weer te bekvechten. Zo had Frieda er geen bezwaar tegen in Jungs spreekkamer haar verhaal nog een keer te vertellen. Ze greep de gelegenheid met beide handen aan en diepte herinneringen op aan dingen die jaren geleden waren gebeurd: hoe Gross haar mooiste jurk aan een oplichtster had gegeven, hoe Gross een zooitje van de drukproeven voor een artikel over psychopathologie had gemaakt en het aan zijn vrouw overliet de stukken bij elkaar te zoeken en weer een beetje toonbaar te maken en ga zo maar door en ga zo maar door. Gross, zo verklaarde ze, heeft de afgelopen tijd geen wetenschappelijke artikelen geschreven of gelezen: *Al zijn energie ging op in nach-*

telijk cafébezoek, waar hij met allerlei declassés zat te analyseren en te filosoferen.

Jung noteerde alles ijverig in een bijlage van de anamnese, hij zette geen vraagtekens, liet geen stukken wit open voor een latere correctie. Zo ontstond in de hoofden langzaam maar zeker het monster Gross, en Gross deed er niets aan om die indruk recht te zetten, integendeel, hij liep in de inrichting rond met een gescheurd plastron, lag 's nachts ondanks de hitte met zijn kleren aan in bed, legde zijn voeten op zijn hoed en tekende zijn kamerdeur vol met mensen en merkwaardige hooioppers.

Sigmund Freud had duidelijk een ander beeld van Otto Gross. In een brief van eind mei 1908 sprak hij er zijn verbazing over uit dat Jung de analyse al na twee weken als voltooid beschouwde.

Gross is een zo waardevol mens en een zo scherpe geest, dat uw werk een bijdrage aan de gemeenschap is. (...) Overigens verbaas ik mij over het tempo van de jeugd, die in twee weken een zo grote taak volbrengt, bij mij had dat langer geduurd.

12

Half juni 1908. De dagen zijn voor Zürich ongewoon drukkend heet geworden, pas tegen de avond brengt een wandeling onder de bomen verkoeling.

Als Gross alleen, in gedachten verzonken loopt te wandelen, komt hij soms een patiënt tegen met grijs haar, een verweerd gezicht en uitgedoofde ogen. Zonder een groet trekt de oude man als een schaduw langs hem heen. Ik kom mezelf tegen, denkt Gross. Ze zullen me in Burghölzli vasthouden tot ik verweerd ben, dan zetten ze me als zandstenen standbeeld achter de bonenstaken.

Gross is vandaag onrustig en gedeprimeerd. Hij had zo veel vertrouwen gehad in zijn briljante collega C.G. Jung, had een gevoel van broederlijke nabijheid ondervonden. Het congres in Amsterdam. Zij, allebei leerlingen van Sigmund Freud, sympathiseerden met de meester en diens nieuwe methoden. Daar was moed voor nodig, toen. Jung spreekt voor de plenaire vergadering over de freudiaanse hysterietheorie. Gemompel in de zaal, boegeroep. Dan staat Gross op, verdedigt de vorige spreker met indringende woorden, die in schril contrast staan met Jungs stokkende manier van spreken. Na de koffiepauze houdt hij zijn voordracht over *Het freudiaanse ideogeniteitsmoment*.

Er klinken cynische opmerkingen onder de aanwezige professoren. In de discussie die volgt worden de beide jonge psychiaters hard aangevallen: de nieuwe methode is een misdaad tegen de menselijkheid! Een van de hoogleraren, een statige man met baard, waarschuwt de nieuwkomers, als ze blijven sympathiseren met Freud en zijn methode, dan hoeven ze niet meer op een carrière te rekenen! Applaus.

De zaal loopt langzaam leeg. Bij het spreekgestoelte ordent Gross zijn papieren, de beide Freudleerlingen staan tegenover elkaar: Jung, een kloeke, rijzige verschijning, in modieus tweedpak, met fonkelende brillenglazen, smalle lippen. Gross sportief gebruind, blonde haarlokken in zijn gezicht, op zijn jasje en de verkreukelde kraag sporen van cocaïnepoeder, hij knippert nerveus met zijn ogen. Jung bedankt zijn collega. Broederlijke omhelzing. 'De tijd zal ons gelijk geven,' voorspelt Gross.

Alleen Jung mag hem in Burghölzli behandelen. Ja, analyse volgens de freudiaanse methode. Dat was wat Otto Gross gewild had. En nu, vrijwillig in de kliniek, zag hij zijn hoop door Jung begrepen te worden in rook opgaan. Toegegeven, de geneesheer-psychiater had veel tijd en energie in het geval Gross gestoken, maar hij bleef 'een geval'. Gross had het idee dat Frieda en Jung onder één hoedje speelden en de behandeling niet opschoot. Hij voelde zich niet serieus genomen, verraden door zijn collega en geestverwant. Stond Jung onder druk, moest hij zich verantwoorden tegenover de directeur van de inrichting, door wie Gross uitdrukkelijk niet behandeld wilde worden? Was hij dat ook zijn assistenten en het verplegend personeel verschuldigd, die in Gross alleen een moeilijke en bizarre patiënt zagen? Dacht hij aan Frieda Gross, en nam hij haar zienswijze over, en aan de machtige schoonvader op de achtergrond, die voor de kosten opdraaide? Voelde hij de druk van die man, die zijn 'langzaam gevaarlijk wordende' zoon gediagnosticeerd en door de diagnose veroordeeld wilde hebben?

Hoe het ook zij, Gross voelde zich onmetelijk eenzaam. Hij kende dat gevoel van kindsbeen af. Zijn familieleden waren hem als vreemden voorgekomen, als kind twijfelde hij eraan of het werkelijk zijn ouders waren. Toen hij ouder was, leed hij onder hun eisen en pretenties, hun levensstijl. Het is dus niet verbazingwekkend dat hij later een van zijn *drie verhandelingen over het innerlijke conflict* aan de eenzaamheid zal wijden. Vermoedelijk aangezet door de therapie, grijpt hij in dat artikel terug op gebeurtenissen uit zijn vroege kindertijd: *De mens is geen locomotief, die je met olie en steenkool voedt en volgens het spoorboekje kunt laten lopen. Het pasgeboren kind is een klein, teer plantje, dat met liefde gekoesterd en verzorgd moet worden en een met zonneschijn verblijde blik en de warmte van een liefhebbende arm nodig heeft.*

Otto Gross' moeder. Zij was hem destijds, aan het einde van de eerste kuur in 1902, in Burghölzli komen ophalen. Dagenlang had hij in de kliniek naar haar komst uitgekeken, en nu stond ze daar, smal, in donker katoen gekleed, naast de directeur in de deuropening. Ze liep niet naar hem toe, geen kus, geen omhelzing. Had hij ooit geweten wat ze dacht, wat ze van hem, haar enige zoon, vond? Als ze vroeger aan tafel iets over de kleine Otto zei, had ze altijd angstvallig gewacht op een teken van instemming op het gezicht van haar echtgenoot. Vormde zich tussen diens wenkbrauwen een diepe frons van ergernis, dan hield ze op met praten. Zoals in de meeste burgerlijke families had de man het voor het zeggen, hij gaf opvoedingsaanwijzingen, en de moeder, bang dat ze iets verkeerd deed, onderwierp zich aan zijn wil. Geen spoor van spontaniteit of warmte, haar innerlijke onzekerheid maakte haar voor het kind tot iemand die er niet toe deed, en achter de verdwijnende moeder doemde de vader op, oppermachtig, alomtegenwoordig.

Als kleine jongen van een jaar of vier, zo vertelt Gross later, was hij ziek en moest in de ouderslaapkamer slapen. In het ouderlijk bed vond de geslachtsdaad plaats, de kleine jongen schrok, dacht dat zijn moeder door de grote sterke vader werd platgedrukt en worstelde om vrij te komen. Hij had toen gegild, opdat zijn vader zijn moeder los zou laten.

IJsberend in de tuin van Burghölzli, probeert Gross het beeld van zijn moeder Adele voor zich te halen. Maar tussen de populieren is het leeg, trilt slechts de lucht.

De patiënt slentert naar de moestuin. Groentebedden, composthopen. Alles ligt er stil bij, in een vreemde verdoving. Het stinkt naar rotting en angst, de vensterruiten van de kliniek lijken in het licht van de ondergaande zon vuur te vangen. Achter de bessenstruiken ziet Gross de muur, hij schat de hoogte, die aanzienlijk is. Maar zonder schoenen kan hij misschien houvast vinden op de grof op elkaar gestapelde stenen. Hij zal terugkomen. Morgen in de middag, als de hitte op zijn hoogst is, als de inrichting in lethargie verzonken is.

Op 17 juni noteert Jung: *Vanmiddag rond vier uur ontsnapt hij uit de A-2-tuin over de muur. Hij mocht vanaf het begin al in de tuin rondlopen. Heeft geen geld bij zich.*

Dat Gross uit de inrichting was ontsnapt, zonder het einde van de therapie af te wachten, kwetste Jung diep. Zijn ambitieuze plan met de freudiaanse therapie opgang te maken, was met Gross' vlucht verkeken. Ontstond de harde diagnose vanwege die krenking, als onbewuste wraakactie?

Pijnlijk genoeg dat Jung aan zijn vaderlijke vriend in Wenen re-
kenschap moest afleggen. Zo schreef hij Sigmund Freud op 19 juni
een langere brief, waarin na een verslag van de behandeling te lezen
valt:

*U zult uit mijn woorden de diagnose al geraden hebben, die ik nog
steeds niet geloven wil en die ik nu toch met schrikbarende duidelijk-
heid voor me zie: dementia praecox.*

*Een uiterst zorgvuldige anamnese van zijn vrouw en een gedeeltelijke
psychoanalyse van haar leverden me nog heel wat bevestigingen van de
diagnose op. Dat hij het toneel heeft verlaten, klopt met de diagnose:
eergisteren is Gross in een onbewaakt moment uit de tuin over de muur
ontsnapt en zal ongetwijfeld spoedig weer in München opduiken, om
de avond van zijn lotsbestemming tegemoet te gaan. Ondanks alles is
hij mijn vriend, want in wezen is hij een goed en nobel mens met een
bijzondere geest. (…) Voor mij is deze ervaring een van de zwaarste
van mijn leven, want in Gross zag ik heel wat kanten van mijzelf, ik
had dan ook vaak het idee dat hij mijn tweelingbroer was minus de
dementia praecox.*

Jungs diagnose, synoniem met Bleulers begrip 'schizofrenie', was
overeenkomstig de wensen van Otto's echtgenote en Otto's vader,
want ze gold als ongeneeslijk. Bij Freud daarentegen wekte ze weerstand: hij kon er zich 'niets precies' bij voorstellen. Dat was wederom
aanleiding tot 'onenigheden' tussen de twee grootmeesters van de
psychoanalyse. Jung liet Freud weten dat hij Gross de diagnose niet
had kunnen meedelen.

In zijn *Herinneringen* zal Jung later schrijven: *In de meeste gevallen
heeft de patiënt een verhaal, dat niet wordt verteld en waar in de regel
niemand van afweet. Voor mij begint de therapie pas na onderzoek naar
dit persoonlijke verhaal. Dat is het geheim van de patiënt, waarop hij
stukgelopen is. Tegelijkertijd bevat het de sleutel tot zijn behandeling.*

Dat Gross uit de inrichting ontsnapte, was voor Jung vermoedelijk een teken dat hij het echte verhaal van de patiënt niet had vernomen. Er was alleen een verwarde hoop andere verhalen, die deels door Frieda, deels door Otto waren verteld, en net als in Otto's tekeningen met de potloodkrassen bleef de eigenlijke waarheid onder de opgetaste hooiopper verborgen.

13

Rega ging niet in op haar moeders voorstel om voor de geboorte van het kind naar München terug te keren. In de Fendstrasse zou ze gevangenzitten in het net van haar moeders verwijten en de mousseline gordijnen, en de *gezelligheid* waar haar moeder zo naar uitkeek, vond ze, na alles wat er was gebeurd, nogal verdacht. Ze besloot het advies van de dokter op te volgen en naar buiten, naar het platteland te gaan, waar de lucht frisser was. Mevrouw Bublinger wist een goedkoop pension in een klein dorpje, er ging geen trein naartoe, op het station moest ze een rijtuig nemen.

In het begin van de reis was Rega verwachtingsvol gestemd, de trein liet de stadswijken met hun opeengehoopte huurhuizen achter zich, het landschap werd steeds groener, akkers kwamen de reizigster tegemoet, bomen en heuvels haalden haar af.

Toen Rega op het landelijke stationnetje uitstapte, besloot ze geld uit te sparen en te voet te gaan. De hemel was met jachtige witte wolken bedekt, het zonlicht gedempt, een beetje beweging zou haar geen kwaad doen. Haar rugzak was niet zwaar en het kind schommelde zacht en niet onaangenaam in haar buik. Ze nam de landweg die tussen weilanden door slingerde. Ze liep en liep, steeds verder van München, steeds verder van Wenen, maar wat er gebeurd was, ontliep ze niet, haar schaduw volgde haar. Hij ging naast haar voort in het stof van de weg, blauwachtig, zonder scherpe contouren, het gevoel van verlatenheid als enige begeleider.

Na een tijdje merkte de zwangere vrouw dat ze honger had, ze beklom het glooiende talud en pakte op een heuveltje haar brood uit haar rugzak. Daar zat ze, midden in de bloeiende natuur, een jonge vrouw met een zwaar hart, de vogels zongen en hadden geen boodschap aan haar verdriet. Er was geen achterdeur waardoor ze zich uit die jubelende wereld had kunnen terugtrekken, ze bleef dus, zat ineengedoken in het hoge gras en at de snee brood met kaas. Na de bescheiden maaltijd ging ze languit liggen, keek naar de hemel, die op een rivier leek, omzoomd door boomkruinen als van een dichtbegroeide oever.

Ze dommelde in. Onder de slapende vrouw spleet de heuvel open, een kind werd naar het licht gestoten, hulpvaardige, vlugge vrouwenhanden pakten het. Ze wasten het kind, er lag een stille blijdschap over het tafereel, een van de vrouwen hield het nieuwgeboren kind omhoog, na het baden was het rozig en schoon als uit een knop ontsproten. Hemel en aarde waren een. Grenzeloos geluk.

Maar toen ze wakker werd, was alles weer aards, ze dacht aan de kommervolle omstandigheden waarin ze binnenkort eenzaam en alleen moest baren. Zo liep ze naar de landweg terug, nog steeds begeleid door haar schaduw. Het lopen in de stoffige berm vermoeide haar.

Toen naderde er met veel lawaai een boerenkar, getrokken door twee paarden. Heel bijzonder, wat zich op de kar bevond, planken en banen stof, een soort podium met kisten ertussen, waarop twee vrouwen en een jongeman zaten. Rega wenkte in de berm, de wagen kwam tot stilstand, ze hielpen haar met opstappen.

Rondtrekkende kermislieden waren ze, zei de vrouw met het rode haar. Ze keek Rega met haar beweeglijke, donkere ogen vragend aan, glimlachte licht.

Toen Rega had plaatsgenomen, vroeg de jongeman: 'Raadt u eens wat er in de kist zit waar u op zit?'

'Een slang,' zei Rega zonder aarzeling.

Ze zwegen verbluft, schoten toen onbedaarlijk in de lach. De jongeman verzocht Rega op te staan, deed toen de deksel van de kist omhoog, er lag daadwerkelijk een slang in!

Rega ervoer haar gave, dat ze vaak door de dingen heen kon kijken, niet als iets bijzonders. De vrouwen waren dan ook gauw van hun verbazing bekomen. Nu maakten ze grapjes. Over de slang. Over de zondeval. Want die vreemde juffrouw, dat zagen de beide vrouwen in één oogopslag, was zwanger.

In de tuin van de uitspanning waar ze hun dorst lesten, wierp de waard een blik op Rega's buik en maakte een schunnige opmerking tegen de dienster. Voor Rega was het nieuw dat vreemden Otto's kind opmerkten, maar het maakte haar in die omgeving niets uit, ze droeg het, droeg de verantwoordelijkheid alleen.

In de namiddag kwam de wagen bij het kleine, door de vrouwenarts genoemde dorpje aan. Op het aanbevolen adres was inmiddels geen pension meer, het huis met een moestuin ernaast zou worden afgebroken. Er woonde nog een oude vrouw, die met naaien de kost verdiende en de planten verzorgde. Ze vond het goed dat Rega tegen een bescheiden vergoeding een kamer op de bovenverdieping betrok. Beneden zat de verhuurster de hele dag achter de naaimachine, het snorrende geluid begeleidde Rega, die boven probeerde te schrijven.

Op een avond, toen Rega de tuin in liep om na het schrijven even een frisse neus te halen, sprak de vrouw haar aan. Het was haar opgevallen dat Rega niet gelukkig was. Tijdens haar eentonige werk had ze tijd om erover na te denken, onder het snorren van het wiel verzon ze haar eigen verhaal.

'U leeft waarschijnlijk in onmin met uw familie?' Toen Rega niet antwoordde, zei ze: 'U moet zich verzoenen. Zo kunt u niet leven.'

Hoe ze aan het kind in wording kwam, vroeg de vrouw niet. In haar jonge jaren had ze met een groep toneelspelers rondgetrokken, de jonge vrouwen werden haast ieder jaar zwanger, de kinderen gemeenschappelijk opgevoed, al gauw deden ze kleine kunstjes en brachten zo een duit in het zakje.

De woorden van de oude vrouw beroerden Rega, ze dacht aan haar moeder, die zich zorgen maakte over haar dochter, ze dacht aan Otto, het verdriet en de pijn dreven haar terug naar haar kamer. Alleen door te schrijven kon ze overleven. Haar zware hart kende slechts één onderwerp, maar de woorden gingen voor het verdriet op de vlucht. Er was alleen leegte.

De volgende dag wist Rega aan haar wankele tafel niet goed waarover ze schrijven moest. Daar werden de woorden ongeduldig van, als schrapende paarden wachtten ze tot ze werden ingezet, terwijl Rega naar het gehaakte gordijn en de geraniums op de vensterbank staarde. Ze zat te bedenken welke bevelen ze zou geven. Ze moest een onderwerp vinden, waar de woorden als magnetische deeltjes naartoe konden vliegen. Rega, blijf bij de kleine dingen die je hebt meegemaakt, dacht ze. De landweg, bijvoorbeeld. De slang. Aantekeningen die later herschreven en misschien zelfs gepubliceerd konden worden.

Zo composteerde ze haar notities. Voegde later andere belevenissen toe. Jaren later, in 1920, verscheen er daadwerkelijk een kort verhaal dat Rega *De landweg* noemde. Het bevatte kleine mozaïekstukjes, die aan die boerentafel waren ontstaan:

Want ik was moe. Ik was moe, omdat ik alleen was. Die lange landweg voor me en achter me (...) De wijde bochten die hij om deze aardbol trok, de populieren noch de hemel zelf konden hem zijn deerniswekkendheid afnemen. Ik was bang, omdat hij mij na een korte wandeling al betrokken had in zijn nood en verval. Een onheilspellende landweg was het. Een alwetende landweg. Daar liep alleen iemand, die op eniger wijze alleen gelaten was.

In latere jaren zal Regina Ullmann steeds weer over haar gekwetste liefde proberen te schrijven: verhalen, gedichten. Zelfs een roman. Maar veel verder dan een begin komt ze niet.

Van nu af aan zou ze steeds meer over kleine en onbelangrijke dingen schrijven. In haar lag een ander verhaal verborgen, dat niemand, niet eens zijzelf, naar boven kon halen. Zo zonken die ervaringen steeds dieper, smartelijker in haar binnenste weg: haar verlatenheid, het verlies van haar liefde, de afhankelijkheid vanwege haar geldelijke nood. Die verzonken pijn werd diep in haar tot een verborgen bron, die haar verhalen, klein als miniaturen, voedde. Zo kreeg iedere zin een lichtende kracht, iedere handeling een geheimzinnige tweede laag.

Rainer Maria Rilke voelde als eerste de diepte en oorspronkelijkheid van haar schrijven. In de zomer van 1908 had ze hem, op advies van haar moeder, haar al in druk verschenen *Hagenpreek* gestuurd. Rilke, die in Parijs als secretaris van de beeldhouwer Auguste Rodin werkte, schreef haar in september 1908 terug en bevestigde haar in haar roeping als schrijver:

Dat ik u toch volstrekt overtuigend zou kunnen zeggen, wat voor moois u hier hebt gemaakt. Ik lees uw boek voor de tweede keer en zal het weer lezen, want het is een grote vreugde, die ik slechts in stukjes en beetjes tot mij kan nemen. (...) En zo is het in zijn totaliteit zo iets moois, waars, eenvoudigs waarvoor

we u niet genoeg bedanken kunnen en waarom we u van harte
moeten bewonderen.

Otto's kind, een meisje, kwam op 18 juli 1908 ter wereld. Rega noemde haar Camilla. Dacht ze soms aan de geneeskrachtige plant, die wonden heelt? Voorvoelde ze dat deze dochter haar later in haar leven vreugde zou schenken en in haar levensavond met veel toewijding verzorgen zou?

Rega Ullmann gaf het pasgeboren kind weer in handen van de boerenfamilie in Admont in de Stiermarken, waar ook de kleine Gerda was ondergebracht. Later, misschien op voorspraak van Else Jaffé, die zich steeds weer om Otto's kind bekommerde, kwam ze bij pleegouders in Feldkirchen bij München, drie jaar later werd ook Gerda daar opgenomen.

Aan de ban van Otto Gross zou Rega zich nog lang niet kunnen onttrekken. De schakel bleef Else Jaffé. Ze gaf Rega berichten door. *Otto is in Burghölzli in Zürich bij de heer Jung in analyse geweest, naar freudiaanse methode uit elkaar geschroefd en weer opnieuw in elkaar gezet. Weet je, Rega, misschien is de oude Otto weer terug, innemend en zelfverzekerd zoals twee jaar geleden in café Stefanie.*

DEEL III

Want nog kan het zijn
Dat jouw naam levendig
Als een druppel
Morgenlicht in mijn hand valt.
Regina Ullmann

I

Café Stefanie zat in de zomer van 1908 dankzij de aanhoudende regen goed vol. Op een middag spleet het zware gordijn bij de ingang, er stak een smal hoofd door, met een blik van spiedende vogelogen. Ten slotte kwam de hele Otto Gross tevoorschijn in een lichte Engelse trenchcoat en ging aan de bar staan.

Gross werd na zijn lange afwezigheid aangestaard als was hij een spookverschijning. Hij was zichtbaar ouder geworden. Niet alleen zaten er witte strepen in zijn roodblonde haar, ook de huid van zijn nog altijd jongensachtige gezicht was rimpelig geworden, en als hij in een lach zijn tanden ontblootte, ontbrak er sinds zijn woedeuitbarsting in Burghölzli een voortand.

Aan de tafeltjes werd druk gefluisterd. Weliswaar had Frieda alleen haar allerbeste vrienden, onder de grootste geheimhouding, over Otto's therapie in Zürich verteld. Maar zoals het met zulke geheimen gaat, verbreidde het bericht dat Otto in vakkringen geesteziek was verklaard zich als een lopend vuurtje. 'Ach! Nee toch! En de diagnose?' – 'Dementia praecox.' – 'Ongeneeslijk?' – 'Ongeneeslijk.' – 'Wat erg!'

Otto, de oude jongen. Van nu af aan droeg hij een onzichtbaar stempel, dat zijn *tweelingbroer* hem met zijn diagnose op zijn voorhoofd had gedrukt. Men staarde hem aan als een spook, week achteruit. Alleen Otto wist er niets van en kon niet verklaren waarom zijn omgeving zo reageerde, want collega Jung had het niet kunnen opbrengen hem de diagnose mee te delen. Na de dagen van isolement had Gross grote behoefte zich weer helemaal in het leven te begeven, voor hem betekende dat dat hij zich van zijn eigen leed afwendde en doorging de lijdende mens te helpen.

De volgende avond baarde zijn gezelschap, een heel jong meisje, in café Stefanie opzien. Zelfs in de zelfingenomen kring rondom Stefan George werd opgekeken.

'Ah, Elisabeth. De dochter van de bekende Münchense professor Lang,' merkte Ludwig Klages op. 'Is die dan al van school af?'

Het meisje was zichtbaar overstuur. Gross praatte met gebogen hoofd, op geduldige fluistertoon op het verwarde kind in.

Vanaf dat moment werd het vreemde paar dagelijks waargenomen. Gross, die het nooit lang aan een tafeltje uithield, liep verdiept in het therapiegesprek met zijn patiënte voor het café heen en weer. Later ging het samenzweerderige gefluister aan een van de marmeren tafels verder.

In de zomer was het stikheet in het café, er konden slechts twee zijramen bij de schaaktafels open. Door de smalle strepen was te zien dat het buiten donker werd, dan vulden de ruimtes zich met mensen en etensluchtjes.

Op dat uur stapten op een avond twee politiemannen in burger op dokter Gross af. Ze lieten hun legitimatie zien. Bevalen toen de jonge vrouw met hen mee te gaan. Liefst vrijwillig. Opzien moest worden vermeden.

'Waarheen dan?' vroeg Elisabeth.

'Terug naar uw ouderlijk huis.'

'Met welke legitimering beveelt u dat?' vroeg Gross.

'Op verzoek van de ouders. De juffrouw is minderjarig en staat nog onder het ouderlijk gezag.'

Gross wond zich op. Na een lange, heftige woordenstrijd ging hij samen met het meisje met de agenten mee.

Thuis bij haar ouders trachtte hij hen er nog diezelfde avond van te overtuigen dat hij met zijn therapie in korte tijd grote vooruitgang had geboekt. Elisabeth was bij hem gekomen met een conflictneurose, ze zou blootstaan aan een ongewoon zwaar contrast tussen het milieu van haar ouders en haar eigen karakter. Als de therapie nu onderbroken werd en de patiënte weer onder invloed van haar ouders kwam te staan, zou Elisabeth in haar oude toestand terugvallen.

De ouders wilden er niet van horen. 'Onze dochter is ziek, we denken erover haar te laten opnemen.'

'Ach, en waar?'

'In de psychiatrische inrichting in Tübingen. Maar dat is aan ons om dat te beslissen. U gaat alleen aan dat wij besloten hebben onze dochter aan uw invloed te onttrekken.'

'En waarom dan?'

Ze keken hem zwijgend aan. Weigerden een verklaring te geven. Keken naar het geheime teken op zijn voorhoofd.

Otto Gross leed. Hij leed vanwege zijn patiënte, van wie hij wist dat haar de opname geen goed zou doen. Hij leed vanwege zichzelf, want de pijn en de vernederingen uit de Burghölzlitijd kwamen weer boven.

Die nacht greep hij na dagen van onthouding weer naar de cocaïne, want hij wilde schriftelijk protest aantekenen, en zonder drugs kreeg hij slechts *stijve, magere zinnen uit zijn pen geperst*. In luttele uren schreef hij het artikel over misbruik van het ouderlijk gezag, dat nog in 1908 in het vooraanstaande tijdschrift *Zukunft* zou worden gepubliceerd.

Nee, Gross is nog niet opgebrand, zoals Jung gekrenkt in zijn diagnose had gesteld. Aan zijn bureau verdwijnt voor Otto Gross dat verlammende gevoel buitengesloten te zijn, tevergeefs te roepen achter een wand van glas. Met alle discipline die hij op kan brengen, perst hij er een nieuw artikel uit, waar de vakgenoten van opkijken. Op 3 juni 1909 schrijft Sigmund Freud aan Jung: *Bijzondere gebeurtenis was dat er gisteren een boek van Otto Gross aankwam:* Over psychopatische minderwaardigheden, *nog niet bestudeerd, maar zo op het eerste gezicht weer zeer waardevol, met een gewaagde synthese en boordevol gedachten.*

2

In 1909 was voor mevrouw Ullmann de wereld van de buitenkant bezien weer in orde: haar dochter had op haar uitdrukkelijke verzoek ieder contact met de vroegere therapeut en minnaar verbroken, en ze wist het door hem verwekte kind ver weg in de eenzaamheid van het platteland. Regina woonde weer bij haar in de Fendstrasse.

Maar was ze er wel echt? Haar kinderlijke blijmoedigheid, haar verfrissende baldadigheid waren weg, moeder Ullmann kreeg haar dochter zelfs tijdens het eten niet uit haar zwaarmoedige lethargie. De verloren liefde had een zo diepe wond geslagen dat hele delen van haar innerlijk verwoest waren, er groeide en bloeide niets meer, de jeugdige idealen waren weggevaagd door de erosie van de teleurstelling. *De landschappen van mijn ontgoocheling dijen uit als de woestijn, ze dringen mijn leven van nu binnen als uitgeslibde rivierbeddingen,* zal ze jaren later schrijven aan Grete König, de zus van de dadaïstische kunstenares Hannah Höch.

Alleen aan haar bureau leefde Rega Ullmann op. Ze verzamelde en redigeerde nu haar korte prozateksten. Onder de titel *Van de aarde des levens* wilde vrouwenuitgeverij München die in 1910 uitgeven.

Nog steeds had Rega de alombewonderde dichter Rainer Maria Rilke niet persoonlijk ontmoet, desondanks leek hij zijn collega een beschermende hand boven het hoofd te houden. Op haar verzoek schreef hij in augustus 1909 vanuit Parijs een voorwoord bij de bundel. Vertelde over de ongewone verbazing die Rega Ullmanns teksten in hem wekten. Ook al bevatten die zowel voltooide als onaffe fragmenten, ruwe schetsen naast sublieme perfectie. *Maar precies daar raak ik misschien wel de kern van mijn verbazing, als ik eraan denk, hoe bij u op bijna alle plekken het voorlopige, als in een parabel, vooruitwijst naar het definitieve. (…) En daarbij gaat het vaak maar om zoiets kleins, dat men het voor stom en onnozel zou kunnen houden: u snijdt er een mond in uit, en het spreekt van het grote. Uw ziel is als een blindgeborene, die door een ziener is grootgebracht.*

Af en toe bezocht de jonge schrijfster bijeenkomsten van de Münchense kunstkringen. Onopvallend stond ze erbij, als wilde ze zich voor haar aanwezigheid verontschuldigen, het donkere haar in een simpele scheiding, het smalle gezicht schuin als ze aan het luisteren was, de mooie, donkere reeënogen vaak alsof ze niets zagen. Ieder oog volgde zijn eigen partituur. Terwijl het ene in de ruimte ronddwaalde, keek het andere naar binnen en vertoefde in gezelschap van verzonnen personages.

De meest spraakmakende literaire avonden vonden destijds plaats in huize Wolfskehl. De ruimhartige schrijver en uitgever stelde graag samen met zijn vrouw op een zogeheten *jour fixe* zijn huis open voor creatieve mensen. Op een van deze bijeenkomsten wendde de gastheer zich tot de verlegen schrijfster en prees haar *Hagenpreek*. In literaire kringen was bekend dat Karl Wolfskehl de teksten van zijn collega's echt las, en Rega hechtte veel waarde aan zijn oordeel. Desondanks stond ze er, met een glas in haar hand, verloren bij onder zijn lovende woorden, lof kwam haar altijd als onverdiend voor en bracht haar in verlegenheid.

Achter Wolfskehl zat een andere man, die meegeluisterd had. Nieuwsgierig bekeek hij Rega's radeloze gezichtsuitdrukking. Zijn blik was zo indringend dat ze het idee had dat ze die als door een vergrootglas op haar huid voelde branden, geïrriteerd keek ze in de richting van die straal. De onbekende man had dik, donker haar, dat een hoog voorhoofd vrijliet, zijn ogen loerden als vanuit een schuilplaats onder markante welvingen. Zijn blik dwong anderen hem te ontwijken of te weerstaan. Zij weerstond hem.

Wolfskehl had Rega's verwarring opgemerkt. Hij draaide zich om en riep verbaasd: 'Ach, u kent elkaar nog niet? Dit is Ludwig Derleth. Misschien heeft u zijn gedichten in *Blättern für die Kunst* van Stefan George gelezen?'

Rega knikte. Natuurlijk had ze dat. Derleth kwam niet in café Stefanie, maar desondanks of juist daarom had ze daar het een en ander over de altijd afwezige gehoord. Franziska Reventlow noemde hem geringschattend 'Jezus-Napoleon', Thomas Mann sprak sarcastisch over hem als 'de profeet'. Rega herinnerde zich die roddels nu weer, terwijl ze een paar, naar ze aannam, onbeduidende zinnen met de dichter wisselde. Maar zijn woorden waren niet onbeduidend, ze klonken raadselachtig en bleven hangen. Ze achtervolgden Rega naar de andere hoek van de woonkamer, waar ze samen met Wolfskehl de zojuist aangekomen Thomas Mann begroette.

Het toeval wilde dat ze tegen het einde van de gezellige avond de zus van Ludwig Derleth leerde kennen. Pas later wist ze dat de Derleths zulke ontmoetingen nooit aan het toeval overlieten. Anna Maria leek op haar broer: dezelfde krachtige neus, de fijne, dunne, iets terugwijkende mond. Maar haar verschijning had niets van het donkere voorkomen van de dichter, terwijl hij donkerharig was, deed haar witblonde haar aan een korenveld denken, haar gelijkmatige gezicht straalde blijmoedigheid uit. Maar toen de zus haar uitnodigde, klonk weer de nadrukkelijkheid van de broer: 'Komt u bij ons langs! Morgenavond zou mooi zijn, dan is er een kleine lezing! We wonen op de Marienplatz 2. Kunt u een steile trap op? Ach ja, u bent nog jong! Helemaal naar boven dus, naar de vijfde verdieping!'

Al de volgende dag klom Rega met enige beklemming de slecht verlichte trappen op naar boven. Anna Maria Derleth deed de deur open in een donkere tafzijden jurk, waarover ze een keukenschort had gebonden.

In de woning ging Rega onwillekeurig bij een raam staan. Beneden in de diepte de borrelende Marienplatz, gedempt drong het geluid door tot boven, het knarsen van de tram, het geschreeuw van de koetsiers. Voor de winkels en om de Mariazuilen donkere bewegende magneetdeeltjes, een ronddraaiende mensenmenigte. Hierboven, als vanuit een adelaarsnest, keek je recht in de avondlucht, een prachtig licht weerspiegelde in de ramen rondom het plein. Alles leek heel ver weg. Alleen de geuren die uit de vensterloze keuken kwamen waren aards.

'Wat een bijzondere plek,' mompelde Rega.

Anna Derleth glimlachte. Rega mag rustig even rondkijken, zij is nog bezig in de keuken. Ludwig komt later.

Rega liep door de gang. Aan het eind hing een levensgrote houtskooltekening van Napoleon die een landkaart bestudeert. Opvallend dat hij onder de fronsen op zijn hoge voorhoofd dezelfde broeierige blik had als Derleth!

Nu kwam ze in een groter vertrek, het was vast Ludwigs rijk. In een iets verhoogde alkoof stond een met schelpen versierd mahoniehouten bed. Op de boekenplanken aan de muur honderden boeken als soldaten in het gelid, op grootte gerangschikt. Maar voor de rest leek een grillige fantasiewereld de boventoon te voeren. Met een lichte huivering liep Rega op een groot aantal hoofden toe die op een zwarte tafel met kaarsen bijeenstonden, in het midden het hoofd van Medusa, daarnaast de jonge Augustus, Napoleon met steek, de zwarte Madonna van Altötting en de marmeren buste van paus Pius de xde. Museumachtig ook de roodfluwelen barokstoelen. De alabasten lamp met dierenriem. De gipsafdruk van de Nike in het Louvre. En boven dat alles, als spotte de bewoner zelf met zijn bonte verzameling, hing een enorme vogelkooi, waaruit het tjsirpen en zingen, ruzieën en scharrelen van kleine vogeltjes opklonk.

'Dat zijn mijn lievelingetjes,' zei Anna Derleth, die plotseling achter Rega stond. Ze wees op de kleine wevervogel Zipp en stak hem door de tralies een slablaadje toe. Rega keek nog steeds haar ogen uit in deze magische wereld. Anna glimlachte. Wees toen op het massieve empirebureau met de vergulde adelaarskoppen: 'Het kostbaarste stuk in huis! Ludwig kocht het bureau in 1904, voor hij op Goede Vrijdag, toen nog in de Detouchestrasse, voor een geselecteerd publiek zijn "Declamaties" las! Thomas Mann was er ook. U niet, Rega? Jammer. En nu gaan we samen iets eten. Daarom heb ik u tenslotte gevraagd iets eerder te komen!'

Met zachte hand duwde ze Rega terug door de gang. In de kleine ruimte, zo smal als een deur, die ze haar keuken of woonwagen noemde, had ze op een petroleumstel een Beierse maaltijd getoverd. Ze serveerde de zuurkool met varkensschenkel op tinnen borden in een smalle eetkamer, waarvan het raam uitkeek op de Marienplatz.

Voor Ludwig was niet gedekt. Hij at pas 's avonds laat, altijd in zijn eentje, zei Anna. Een gewoonte die hij aan zijn tijd in het Pincioklooster in Rome had overgehouden.

'Ach, heeft hij in het klooster gezeten?'

Anna knikte lachend. 'Weet u, ze hebben hem al weggestuurd toen hij nog een novice was. De monniken vonden hem te eigenzinnig, te vernieuwend! En ach, wat doet het er toe. Nu hebben we hier aan de Marienplatz samen een klooster!'

Er werd aangebeld. Alsof er een geheime regie werd gevoerd verschenen de gasten, allen behorende tot de vaste kring, tegelijk voor de lezing. Net als Stefan George zorgde Ludwig Derleth goed voor zijn aanhangers. Anna had de vogelkooi weggehaald, de gasten namen plaats op de museumstoelen om het pronkbureau heen. Ze wachtten rustig tot Derleth verscheen.

Zijn optreden had iets priesterlijks, hij las niet, hij verkondigde. De *amor Christi* die wonden heelt en een nieuw begin pas echt mogelijk maakt, kwam die avond veelvuldig ter sprake.

Rega, door het leven van haar stuk gebracht, voelde vaste grond onder haar voeten. Terwijl ze zat te luisteren, dwaalden haar gedachten af, een beeld uit haar kindertijd verscheen voor haar geestesoog: de massieve kathedraal van St. Gallen, een kloek, die onder haar vleugels bescherming en levensreddende warmte bood. Na een van die Derlethbijeenkomsten schreef ze later: *Nu kan ik de ondoorgrondelijke liefde voelen, waarmee Jezus zijn schepselen naar zich toe trekt, en dit visioen heeft mij van de begrenzingen van mijn lot bevrijd.*

Van nu af aan klom Rega iedere keer weer de trappen omhoog naar de woning van de Derleths. Vaak flanste Anna Maria eerst iets te eten in elkaar in haar benauwde hok, zorgde dan voor vrolijkheid tijdens de maaltijd, als ze vertelde hoe ze inkopen deed bij de kordate dames van de groentestalletjes en de vleeshouwerij, die bepaald niet op hun mondje waren gevallen. Ludwig liet zich niet zien, hij had een 'bespreking'. Anna zei in bedekte termen dat niet alleen vrienden en kennissen hem om advies vroegen, maar dat ook vreemdelingen in nood hem kwamen opzoeken. Sinds Ludwig ontslag genomen had bij het gymnasium, verdiende hij niets meer, maar er was toch meer psychische nood dan materiële.

Later op de avond werd Rega door Ludwig Derleth ontvangen. Met kloppend hart liep ze op de pronktafel met de adelaarskoppen toe. Derleth ontving haar alleen. Daar zat hij in welwillende gestrengheid, zijn allesdoordringende napoleontische adelaarsblik op de jonge vrouw gericht. Hij luisterde geduldig naar haar. Wachtte het einde van haar langzame, hakkelende verhaal af.

Toen sprak hij. Hij sprak gedragen. Sprak in symbolen. Hield vaak even op voor een denkpauze. In de derlethiaanse manier van spreken fungeerden de woorden als obstakels, weloverwogen geplaatst, je kon er moeilijk omheen. Na een tijdje raakte Rega de draad kwijt van zijn hoogintellectuele gepraat. Ze verzonk in gedachten die hun eigen weg gingen. Als door toverkunst ging in haar binnenste een tot dan toe onzichtbare deur open, en ze kwam terecht in het gebied waar meester Eckhard, de mysticus, van zegt: *In ieder mens is een plek waar tijd noch ruimte heerst.*

Nee, Derleth bekeert niet, hij voert die hem horen wil naar zichzelf terug, zeiden zijn vrienden. Hij heeft nooit aangedrongen op bekering, zal ook Rega bevestigen. Ze heeft het besluit alleen genomen. Ze is alles met zichzelf overeengekomen. En inderdaad, de anders altijd zo onzekere vrouw liet zich door de tegenwerpingen van Rilke en door de raad van haar welwillende Joodse vriend Wolfskehl, die op de krachtige wereld van het Oude Testament wees, niet op andere gedachten brengen.

De nieuwe ideeën van Julius Langbehn, de 'Rembrandt-Duitser', over kunst en beschaving maakten indruk op Rega Ullmann, ze raakte ook bevriend met zijn uitgever Momme Nissen, die later in een dominicanenklooster intrad. Bekeringen waren in deze zinledige tijd aan de orde van de dag. Zelfs in de gelederen van de Stefaniejongeren knetterde het: Emmy Hennings, Mühsams 'erotische genie', werd net als haar latere echtgenoot, de dada-schrijver Hugo Ball, katholiek.

Rega nam godsdienstonderwijs om zich voor te bereiden op de doop in het bedevaartsoord Altötting en ging in het Rijk van de Zwarte Madonna in 1911 tot het katholicisme over. Later zegt ze dat ze haar leven lang geen spijt van die stap heeft gehad en kracht uit het geloof heeft geput.

Na haar bekering leek de vriendschap met de Derleths te bekoelen. Weliswaar waren er altijd nog de hoogtijdagen, bijvoorbeeld, toen Rega in de adventstijd samen met broer en zus naar de engelenmis ging. Op een vroege decemberochtend stapten ze in mantel en sjaal gehuld door de verse sneeuw in de nog donkere straten. Traden toen de feestelijk verlichte barokkerk binnen. Terwijl ze voor het altaar de mis bijwoonden, stond Ludwig kaarsrecht, verzonken in de aanblik van de Madonna met het zwaard. Toen de priester zijn arm voor de zegen hief en zijn laatste amen sprak, kwamen broer en zus uit hun vrome concentratie. Buiten kocht Anna verse broodjes onder de bogen, daarna werd er hoog boven de Marienplatz ontbeten.

Maar Rega's brieven uit die tijd laten naast verzekeringen van de diepste dankbaarheid ook sporen van gekwetsheid, verwijten zien. Was Ludwig overbelast? Hij probeerde zijn 'ecclesia militans' te verwerkelijken, een ridderorde van vooral jonge mannen, van wie hij de generalissimus was. Thomas Mann schilderde in zijn verhaal *Bij de profeet* de dunne lucht om Ludwig Derleth: *Er zijn bijzondere plekken, bijzondere breinen, bijzondere regionen van de geest, hoog en armelijk. (…) Hier is de lucht zo dun en kuis, dat de smetstoffen van het leven niet meer gedijen.*

Derleth stelde hoge eisen aan de 'geroepenen', want ook hij onderwierp zich aan de allerstrengste ascese. Zijn voorliefde voor jonge mannen in de zin van de oude Grieken bracht hij alleen geestelijk in de praktijk, ook zijn bewondering voor mooie vrouwen sublimeerde hij. In zijn gedichten zal hij het androgyne loven als de verschijningsvorm van de volmaakte mens, maar zijn met schelpen versierde bed bleef tot zijn late huwelijk ongedeeld.

Die strenge levenswijze gold ook Anna. Zij, de dienares van haar vergeestelijkte broer, mocht geen misstap begaan. En zo trok de temperamentvolle vrouw zich steeds meer terug in haar kleine keukenhokje. Ze las Jean Paul. Schreef brieven. Werkte aan een roman met de titel *Het tempelmeisje*. Haar onrustig ronddolende fantasie raakte steeds meer geboeid door de wereld van de Azteken. Ze noemde haar broer, hoe belachelijk dat een buitenstaander ook in de oren klonk, steeds vaker Montezuma en naaide een gouden gordijn voor hem, dat hem tijdens het eten aan de profane blik van de bezoekers onttrok.

Op een avond nodigde ze Rega uit haar nieuwe culinaire specialiteit te komen proeven, een zelfverzonnen gerecht dat ze 'Aztekenmeisjes' noemde. Ze liet deeg rijzen, vulde het met schijfjes appel, rozijnen en kaneel, rolde het op en vormde er vrouwenfiguren van. De gebakken meisjes serveerde ze bij de koffie. Rega vond het een stuitende vertoning, maar Anna beweerde dat de Azteken hun overtollige meisjes bakten en opaten.

Ludwig leek Rega's intensieve briefwisseling met Rilke af te keuren, hij beklaagde zich erover dat hij haar bijna nooit thuis in de Fendstrasse trof. Hij had het gevoel dat ze zich langzaam aan zijn invloed onttrok, dat leverde hem ook ruzie met Rilke op. Rilke was één keer, samen met de intelligente en mooie Lou Andreas-Salomé, in het appartement aan de Marienplatz op bezoek geweest. Stond Derleth de combinatie niet aan? Benijdde hij Rilke om zijn invloed op vrouwen, die niet in alle gevallen tot het geestelijke vlak beperkt bleef?

Ludwig Derleth verlangde gehoorzaamheid van zijn volgelingen en stelde Rega voor de keus. Op de nieuwjaarsochtend van 1915 schreef ze dat ze na lange tweestrijd voor Rilke koos: *De beslissing is gevallen. Ik weet bij wie ik hoor. Regina.*

Had de generalissimus dat niet willen begrijpen? Hoe dan ook, drie jaar later vindt de schrijfster het nodig Derleth in een brief mee te delen dat ze zich nu voorgoed van zijn leiding bevrijdt en haar eigen weg gaat.

3

'Het kleine beetje bescherming, dat mensen elkaar denken te geven. En dat terwijl ze diep in zichzelf helemaal onbeschermd zijn.' Dat had Else Jaffé tegen Rega gezegd na de geschiedenis met Gross.

Otto Gross ging ermee door niets te doen voor zijn eigen gezondheid, daarvoor in de plaats probeerde hij patiënten te genezen in wie hij zijn eigen lijden weerspiegeld zag. Het waren doorgaans jonge vrouwen als Rega Ullmann, Elisabeth Lang en sinds kort Sophie Benz. Sophie, dochter van een schilder en professor uit Ellwangen, was als kunststudente naar Schwabing gekomen, in café Stefanie mengde ze zich in de anarchistische debatten. Daar leerde ze niet alleen Otto Gross kennen, ze sloot ook vriendschap met de jonge schrijver Leonhard Frank, die later in zijn roman *Links waar het hart zit* Sophies verhaal zal optekenen.

Sophie met haar ronde, boerse gezicht. Ze leek zo'n nieuwsgierig jong meisje uit de provincie, dat in de grote stad aan het leven wilde ruiken. Maar Otto Gross liet zich niet voor de gek houden. Hij voelde de innerlijke gespletenheid van de jonge vrouw, bemerkte haar depressieve stemmingen en angsten. Voor die psychotische stoornissen moest ze in therapie gaan, adviseerde hij haar met klem, ook moest ze haar relatie met Frank, die te complex en te beladen was, verbreken. Sophie deed wat hij zei en Frank moest voor lief nemen dat ze hun relatie beëindigde.

Drie maanden later, kort voor Kerstmis, trof Frank Gross en Sophie toevallig in café Stefanie, zijn vroegere vriendin had met haar heelmeester samen op het platteland in de buurt van München gewoond. Frank vond dat Sophie er mager uitzag, verwaarloosd als een schurftige kat. Haar vroeger zo naïeve boerenmeisjesgezicht was veranderd, haar trekken waren hard en gespannen, Frank meende er de fanatieke uitdrukking van de dokter in te zien.

'Je moet bij hem weggaan!' riep de jonge schrijver haar over de tafel toe.

Sophie zweeg, met opeengeperste lippen.

Gross speelde met een sigaret, stond toen abrupt op, zei tegen Sophie dat ze ook moest opstaan en haar jas pakken, samen verlieten ze het café. Buiten kregen ze ruzie. 'Frank heeft gelijk. Ik ga! Nee, niet naar hem. Ik ga met de feestdagen naar mijn ouders en ik wil daar een tijdje blijven.' Gross moest toegeven dat de therapie tot dan toe niet veel succes had gehad, de depressies en angstaanvallen van zijn patiënte waren eerder erger geworden. Weer had hij voor een psychisch gestoorde vrouw gevochten als voor zijn eigen leven. Hij zocht naar een oplossing. Bond toen in: 'Goed, in de tussentijd ben ik met mijn gezin en mijn vriend Frick in Ragusa. Beloof me, Sophie, dat we ons op zijn laatst in maart weer zien, we moeten verder gaan met je therapie!'

Zoals gevraagd, kwam Sophie terug. Het verblijf bij haar ouders had haar inwendige verscheurdheid versterkt en een verwoestende uitwerking gehad op haar gezondheid. Ook de lente bracht geen verbetering. Gross en Frieda hadden besloten naar Tessin te gaan, de psychiater vroeg zijn patiënte dringend mee te gaan: 'Ga mee, Sophie. Mijn vriend Frick, die al in Ascona is, zal voor ons een of twee van de kleine stenen huisjes aan de rand van het stadje huren. De zuidelijke natuur en het zachte klimaat zullen je goeddoen!'

De vriendschap met Ernst Frick was belangrijk geworden voor Otto. Hij had de Zwitser het jaar daarvoor mee naar Graz genomen voor een bezoek aan zijn ouders, instinctief wist hij dat Frick en zij het goed met elkaar zouden kunnen vinden. Zijn vader was inderdaad blij verrast door Fricks veelzijdige kennis, zijn moeder gecharmeerd van de natuurlijke elegantie van de jongeman en de onnadrukkelijke wijze waarop hij zich in de gesprekken mengde. Aan tafel nam hij de oude dame voor zich in met zijn grote hoffelijkheid. Het bezoek aan zijn ouders, waar Otto zo tegen op had gezien en dat hij steeds had uitgesteld, het eerste na de kuur in Burghölzli, werd een succes.

Op een avond had Otto in Graz afgesproken met een paar oude vrienden, zijn ouders maakten van zijn afwezigheid gebruik om Frick eens alleen te spreken en benadrukten, onder het genot van een glas tokayer, hoe belangrijk Fricks invloed op Otto was, zelfs Otto's anders zo verwaarloosde uiterlijk was veranderd.

'Lieve Ernst Frick,' smeekte Hans Gross hem, 'wilt u alstublieft goed op Otto letten, houdt u hem uit handen van verkeerde vrienden! Onze zoon is te labiel, te vriendelijk, vooral zijn omgang met lieden uit anarchistische kringen wordt zijn ondergang!'

Frick had alleen zijn mond even in een grimas getrokken en zijn glas leeggedronken. Toen had hij zich verontschuldigd en was buiten in de frisse lucht een sigaret gaan roken.

Pas weken later vernam Hans Gross dat Ernst Frick wegens anarchistische activiteiten in Zürich voor het gerecht moest verschijnen.

En nu rekende Otto voor zijn verblijf in Ascona op Fricks hulp. De treinreis naar het zuiden van Zwitserland was voor iedereen vermoeiend geweest, vooral het laatste stuk met de postkoets, terwijl het al flink warm was buiten, was een aanslag op zenuwen en krachten. Wat een troost dat ze in Ascona werden afgehaald door Frick, die hen naar zijn stenen huisje bracht, een *rustico* op de helling van de Monte Verità.

Het was een stralende dag in de vroege zomer, het meer schitterde, aan de noordkant waren de toppen van de bergen nog met sneeuw bedekt. Frick, die alleen leefde, sloeg voor zijn gasten aan het koken. Buiten in de schaduw aan de stenen tafel kwamen Otto en Frieda snel bij van de lange reis, Fricks risotto met wilde asperges smaakte verrukkelijk. Alleen Sophie Lang, door migraine geplaagd, at niets, ze ging achter het huis op de met mos bedekte grond liggen. De kleine Peter, vier jaar oud, was blij Ernst weer te zien, in Ragusa hadden ze in de hotelkamer en aan zee vaak met elkaar gespeeld. Nu bouwden ze aardmannetjes van platte stenen, Frieda keek glimlachend toe.

Sinds Ragusa waren Frieda en Frick goede vrienden, een relatie die Otto kalm, zelfs instemmend opnam. De spanning tussen de huwelijkspartners was toegenomen, en Otto zag in dat de voortdurende aanwezigheid van zijn patiënte Sophie belastend was voor Frieda.

Nu wilde hij hun het huis laten zien dat hij voor hun verblijf op het oog had, zei Frick. Hij bracht hen naar een oude molen aan de rand van het bos. De eigenzinnige stenen kubus was met een walmdak getooid. Tegen de achterkant, dicht bij het kreupelhout, leunden met mos overgroeide wieken. De jonge beukenbladeren gaven het landschap een frisse groene kleur, tussen de boomstammen was het fel schitterende oppervlak van het meer te zien.

'Wat een prachtig onderkomen,' zei Gross vol lof.

Maar de beide vrouwen, die zich afvroegen hoe ze die kleine ruimte samen moesten delen, deden er het zwijgen toe.

Voor de tweede keer die dag zaten ze aan Fricks stenen tafel en dronken koffie. De schaduw van een machtige kastanje kleurde de mosbegroeiing op het huis donker. Er werd wat gepraat, de kleine Peter speelde vergenoegd met zijn stenen mannetjes. Toen vroeg Gross om de aandacht: hij had een voorstel. Het leek hem beter als Sophie en hij alleen in de molen gingen wonen. 'En jij,' hij wendde zich tot Frieda, 'wil jij niet met de kleine Peter bij je vriend Frick blijven? Ernst Frick is een betere liefdespartner voor jou dan ik.'

'Krijg ik Frieda dan van je?' Om Fricks mond speelde een hem zo typerend schalks lachje.

Frieda zag het. Als teken dat ze het met de ruil eens was, legde ze haar arm om haar vriend.

4

Nog steeds had Rega de dichter Rilke, bewonderaar van haar teksten, niet persoonlijk ontmoet, pas in 1912 liet hij haar in München naar Hotel Marienbad komen. In de hal van het hotel kwam hij haar tegemoet, een middelgrote man met zijn hoofd licht naar voren gebogen, als zocht hij iets. Zware oogleden hingen over de iets uitpuilende ogen.

Natuurlijk kende ze zijn hele werk, groots vond ze het, luisterrijk. Maar nu ze oog in oog met hem stond, voelde ze zich verloren. Haar oude schuwheid overviel haar, de woorden bleven weg. Ze had een van haar gedichten voor hem meegenomen, maar ze verfrommelde het papier in haar hand, die nat was van het zweet, het kwam haar voor als was het compleet waardeloos, als was het niets.

Rilke voelde dat ze geblokkeerd was. 'Zullen we samen iets lezen, Regina Ullmann, wat denkt u? Kent u Claudel?'

In een rustige hotelkamer las hij haar de volgende dag voor, soms hield hij even op en glimlachte naar haar, tot ze de moed vond haar mening te geven over wat hij las.

Toen hij hoorde dat ze haar eigen gedicht, dat ze voor hem had meegebracht, had verscheurd, zei hij dat ze dat nooit meer mocht doen. Hij zou een brievenbus voor haar maken waar ze haar niet gelukte gedichten in kon doen, of beter nog: ze kon hem de woordbouwsels ter inzage en kritiek geven! Vanaf dat moment las hij haar gedichten met de hem eigen, liefdevolle toewijding. Beschouwde hij er een als geslaagd, dan schreef hij het eigenhandig over en bewaarde het in een la voor latere publicatie. Als hij nog niet helemaal overtuigd was van een tekst, legde hij hem toch in zijn 'schatkist', zoals hij het uitdrukte. Ook als het gedicht nog niet helemaal klopte, had het toch 'mooie innerlijke helderheden'. Hij vond het ook heel belangrijk dat ze bij het dichten haar eigen weg ging en niet de kunst van de door haar bewonderde dichter nabootste. Een dienende vriendschap. Een geschenk voor de vrouw die zo door het leven was verwond.

Rilke was de mening toegedaan dat hij veeleer de poëzie diende, ieder geslaagd gedicht steeg boven zichzelf uit, bevatte een helderheid, die ver boven de maker uit ging. In die geest nodigde hij op een avond in München zijn literair geïnteresseerde vrienden uit voor een voordracht.

Het publiek was overwegend vrouwelijk, wat bij dergelijke voordrachten op zichzelf niet uitzonderlijk is, wel opvallend was het aantal modieus geklede, zelfbewuste, voor hun tijd al geëmancipeerde vrouwen onder de toehoorders, veelal persoonlijke vrienden en kennissen van Rilke: zijn eerste vriendin, Lou Andreas-Salomé, met haar aangenomen dochter, de jonge actrice Ellen Delp. Rilkes toenmalige vriendin, de pianiste Magda von Hattingberg. Het uitgeversechtpaar Kippenberg van Insel Verlag. Het is mogelijk dat ook latere vriendinnen van Rega Ullmann, zoals kunsthandelaarster Hertha Koenig, Eva Cassirer van de Odenwald-Schulbewegung en schrijfster Editha Klipstein al aanwezig waren. Daarnaast waren er ook schrijvers en uitgevers als Wolfskehl, Klages en Hans Carossa.

Had Rilke mensen uitgenodigd die Regina in de toekomst steun en inspiratie zouden geven en zouden meehelpen haar te bevrijden van haar fixatie op haar moeder? Intuïtief knoopte hij hier vriendschapsbanden die vaak een leven lang standhielden.

Die avond hield Rilke een kleine introductie. Bijna niemand kent de schrijfster. Een literaire debutante, ja! Maar zij stelt naast de vertrouwde, bekende wereld een volkomen ongeopenbaarde – haar wereld. Haar kracht ligt in het naïeve, het elementaire, haar beelden komen uit onbewuste lagen.

Met spanning werd uitgekeken naar deze zo geheimzinnig aangekondigde vrouw. Aan de lessenaar ging een schuwe, niet meer zo heel jonge vrouw staan, in een iets versleten karmijnrode fluwelen japon, zonder hoed, met een zwaar, als uit hout gesneden gezicht. Ze stond er stijfjes bij, de handen ineen. Een boerin, een landelijke madonna?

Zachtjes, met een vreemd accent, begon ze al lezend de draden van een verhaal te weven. De luisteraars werden opgenomen in het tekstweefsel, groeiden als het ware mee: geen gezwollen taal zoals men gewend was bij dit soort voordrachten. Eenvoudig, naïef, energiek begonnen de verhalen *Van de aarde des levens*, de luisteraar kon rustig achteroverleunen, hij verwachtte verstilde, landelijke taferelen. Maar dan kantelden de teksten zonder waarschuwing vooraf, ze werden onheilspellend, wat vertrouwd leek werd griezelig: aan het einde van het dorp slokte een moeras de mensen op, een bliksemflits zocht als een duistere orakelspreuk de hand van de smid, de dochter van de bosarbeider stak het huis waar dronken mannen sliepen, in brand…

De schilderes Lou Albert-Lasard kon haar ogen niet afhouden van de bijzondere fysionomie van de voorlezende vrouw, ze haalde onopvallend haar tekenblok tevoorschijn en maakte een kleine schets. Later vroeg ze of de dichteres model wilde staan voor een portret. In korte tijd ontstonden zo drie schilderijen, het derde gaf ze in 1914 aan Rilke als kerstcadeau. Enthousiast schreef de ontvanger daarop aan Rega:

Het schilderij van jou is zeer mooi, van grote betekenis en beweging. Ik heb het net gezien en weet niet of ik meer bewondering moet hebben voor Loulous talent jou zo neer te zetten, of voor jouw vermogen er zo uit te zien. (…) het is op deze dagen nadrukkelijk aanwezig, een verwijzing naar de toekomst – ik bedoel, het laat overtuigend zien hoe sterk en veelbelovend je bent.

5

Otto Gross had in Ascona Frieda voor zijn patiënte verruild, dat kwam hem nu op problemen te staan. In de zomer kon Sophie op de berghelling niet tegen de hitte, in de winter vernikkelde ze. Hoewel ze maar met zijn tweeën waren, klaagde ze tegen Gross over ruimtegebrek in de kleine molen: boven was enkel een slaapkamer, beneden alleen een grote woonkeuken, om niet te bevriezen van de kou, moesten ze de open haard steeds moeizaam met hout stoken. In de ruwe wanden trok in het koude jaargetijde vocht op, tussen de stenen waren enge, pikzwarte schorpioenen te zien. Als ze 's nachts naar de keuken gingen, zaten er op de vensterbank zevenslapers aan de pastavoorraad te knabbelen, die de indringers verwijtend aankeken met hun glanzende kraaloogjes, voor ze ervandoor gingen.

Ook het landschap om de molen was veranderd. Aan de rotswanden hingen mistflarden, in de weilanden liepen waterstroompjes. De bomen hadden hun bladeren verloren, kleurloos en kaal stonden de stammen langs de molenweg. Ze gingen alleen nog naar buiten om eten of drugs te halen. Net als Otto snoof Sophie nu haar dagelijkse dosis cocaïne. De drugs maakten prikkelbaar, er vielen vaak woorden tussen de twee geliefden en iedere ruzie liep eropuit dat Sophie dreigde onmiddellijk te vertrekken. Maar ze had niet genoeg kracht meer om een dergelijke beslissing uit te voeren.

Geen van tweeën wilde koken, en dus aten ze vrijwel niet. Sophie, uitgeteerd door haar waanvoorstellingen, was nu mager tot op het bot. Soms zag Otto haar urenlang voor het raam staan. Ze staarde naar de bergwand, als zag ze daar figuren over de kale rots lopen. Daar staat ze, dacht hij. Of ben ik het die daar staat? In de beklemming van die drukkende dagen was hij met haar vergroeid, één geworden. Ze was hem meer waard dan zijn eigen leven. Hij leed toen ze steeds vaker dreigde een eind aan haar leven te maken. Hij wist dat ze het meende. Eén keer kwam hij nog net op tijd om te voorkomen dat ze met een touw om haar nek van de stoel sprong. Hij wist dat hij haar naar een kliniek had moeten brengen. Maar dat kon hij zichzelf en haar niet aandoen.

Ook Otto meende in de bosjes in het halfduister spiedende ogen te zien. Eenmaal zag hij zelfs de loop van een geweer.

's Avonds werd er inderdaad op het keukenraam geklopt. Twee agenten wilden informatie. Waar ze gisteren waren geweest? Otto kon bewijzen dat ze de vorige dag niet naar buiten waren gegaan. De beide agenten wilden weten waar Erich Mühsam, Johannes Nohl en Ernst Frick zich ophielden. Ze noemden nog andere, plaatselijk bekende anarchisten. Hij wist niet waar ze woonden, zei Otto afwerend. Hij leidde noodgedwongen een zeer teruggetrokken leven, want zijn partner was ernstig ziek. De agenten wierpen een blik op Sophie, waaraan ze genoeg schenen te hebben, groetten en namen de weg naar Ronco.

De volgende dag stond in de krant dat de portier van Monte Verità was overvallen.

Ook Sophie was ervan overtuigd dat ze in de molen in het bos in de gaten werd gehouden. 's Nachts hoorde ze takjes kraken, hoorde ze stemmen, zag ze lichtjes van lantaarns in het duister dansen. Dat deze waarnemingen niet op waanideeën berustten, ondervond Otto korte tijd later, toen hij de letterlijke tekst van zijn vaders testament onder ogen kreeg: *Ik merk op dat het alleen daarom mogelijk was mijn geesteszieke zoon niet onder curatele te stellen en hem niet op te laten nemen, omdat het me met hulp van goedwillende vrienden, met name hooggeplaatste ambtenaren van justitie en politie (…) gelukt is, met veel moeite een bewaking van mijn zoon in te stellen en hem zo een soort vrijheid te laten.*

Sophie haatte het in de molen in het bos van Otto afhankelijk te zijn, in de vochtige muren begon ze stemmen te horen. Ze wilde dood, een doodsverlangen dat Otto haar uit het hoofd probeerde te praten. Hij deed zijn best haar terug te roepen in het leven. In februari 1911 was het zeker dat ze zwanger was, iets wat bij Otto's manier van therapie bedrijven niet zo verbazingwekkend was. En toch bracht die wetenschap het paar tot wanhoop. Sophie had door haar ziekte niet eens de kracht zelf te leven, hoe moest ze een kind ter wereld brengen en voeden? Ze vroeg Otto om de dood. Ze smeekte hem om die gunst.

Otto zag dat als de ultieme liefdesdienst die hij de zieke vrouw kon bewijzen. Ervan uitgaand dat het geval Lotte Chatemmer uit 1906 inmiddels vergeten was, ging hij met zijn doktersbewijs naar de Farmacia Maggiorini in Locarno.

Toen het gif begon te werken, raakte hij in paniek en bracht Sophie naar een ziekenhuis. Het was te laat, ze stierf.

Otto Gross raakte in een shock: daar lag zijn alter ego, zijn andere ik, in de verstarring van de dood. En het kwam hem voor dat het lot hem niet alleen Sophie, maar ook alle andere vrouwen had afgepakt: Else Jaffé en Frieda Weekly, Elisabeth Lang en Rega Ullmann.

Het geval kreeg aandacht in de *Tessiner Zeitung*. In de editie van 4 maart 1911 stond onder de kop *Mysterieuze zelfmoord* te lezen:

In Ascona werd twee dagen geleden een Duitse vrouw ziek, met symptomen van een zeer zware cocaïnevergiftiging. In kritieke toestand werd ze in het ziekenhuis van Locarno binnengebracht en stierf afgelopen vrijdag. (...) Het is een opzienbarend en hoogst interessant geval. De overleden vrouw is de dochter van een vooraanstaande professor uit München. Ze woonde hier onder begeleiding van een mysterieuze dokter Gross, van wie slechts bekend is, dat hij al in Duitsland getrouwd is en reeds verschillende keren in Ascona woonde. Ook destijds, toen Lotte Chatemmer door vergiftiging om het leven kwam, woonde hij hier. Zijn beroep als arts geeft hem natuurlijk het recht recepten uit te schrijven, en in dit geval schreef hij enkele grammen voor van het genoemde gif, dat in de apotheek Maggiorini werd verkregen. Volgens dokter Gross diende het medicijn om de kiespijn van zijn vriendin te veminderen. In plaats van het gif op de kies te druppelen, zette de vrouw per ongeluk het glas aan de lippen en dronk het leeg. Zo luidde de verklaring van deze dokter Gross, die overigens Locarno verlaten heeft en vandaag niet bij de begrafenis aanwezig was. Gross en zijn vriendin konden het niet altijd even goed met elkaar vinden. Beiden werden zelfs hevig ruziënd in het openbaar in restaurants en café's aangetroffen. Dokter Gross baarde vanwege zijn merkwaardige optreden en zijn nog vreemdere manier van doen algeheel opzien. Het paar werd bij diverse restaurants in Locarno de deur gewezen. Gross had doorgaans een grote pleister op zijn neus en ook op de meest vergeetachtige toeschouwer zullen zijn trekken een onuitwisbare indruk hebben gemaakt.

Otto was op de dag van de begrafenis van het toneel verdwenen. Hij had zichzelf in de psychiatrische kliniek in Mendrisio laten opnemen. Zijn vader in Graz, die telegrafisch op de hoogte was gesteld, schreef de directeur van de inrichting of hij zijn zoon *van alle gemakken en faciliteiten* wilde voorzien. Drie weken later liet Hans Gross zijn zoon naar de Weense Inrichting Steinhof overplaatsen voor een morfine-ontwenningskuur.

Na zijn bevrijding uit Steinhof bleef Otto's leven echter onvrij, in Wenen en Zürich werd hij wegens vermeende anarchistische activiteiten door de politie gezocht. Erich Mühsam, die Gross in Zürich onder zijn hoede nam, schreef in zijn dagboek: *Sophie Benz' dood vreet vreselijk aan de arme man. Met haar heeft hij alles verloren, wat een mens überhaupt verliezen kan, en vaak zag ik hem de afgelopen tijd om zijn geliefde huilen. Vreselijk is ook zijn cocaïneverslaving. Eeuwig onderweg naar de apotheek, eeuwig met het doosje in zijn hand en een pennenschacht in zijn neus, die steeds ontstoken en met zalf ingesmeerd is. (…) Geleidelijk aan slaagde ik er ook in de zelfverwijten, die hij zich vanwege Sophie maakte, af te zwakken. In ieder geval weet ik nu zeker dat hij haar niet zomaar tot zelfmoord heeft aangezet, maar juist lang geprobeerd heeft Sophies gedachten aan zelfmoord uit haar hoofd te praten.*

6

Rilke was nu Rega's mentor, dat gaf haar zelfvertrouwen, ja zelfs een zekere waardigheid. Aangestoken door Rilke noemde ze zich van nu af aan uitsluitend Regina.

Rilke, een *homme à femmes*? In café Stefanie werd daar met nauw verholen afgunst over gesproken: rijke dames slurpen zijn gedichten op als waren het oesters. Nodigen hem in hun villa's en op hun kastelen uit, mevrouw Von Thurn und Taxis laat hem bijvoorbeeld op kasteel Duino dichten! En Eleonore Duse? Die reist met hem naar Venetië, gaat met hem varen in een gondel, reciteert zijn gedichten op het Canale Grande...

Voor zijn hartelijke omgang met Regina Ullmann had niemand, en Regina zelf al helemaal niet, een verklaring, want Rilke had inderdaad vriendinnen genoeg, mooie, die zijn geliefden waren, en rijke, die hem geld toestopten. Regina viel in geen van beide categorieën vrouwen, misschien hield hij juist daarom van haar?

Hoe eenzaam hij ondanks al die aanbidders was, kon alleen zij, de eenzame, voelen. Hoeveel moeite het hem kostte zijn veelgeprezen verzen te schrijven, wist zij alleen, die zuinig met woorden was. Zij alleen, de langzame, de bedachtzame, geloofde hem, als hij zei dat hij het zielloze, steeds sneller voortrazende leven van de gegoede kringen haatte. Zij wist dat een dichter alleen in eenzaamheid kan werken, maar de door Rilke beminde vrouwen begrepen er niets van als hij na een korte tijd van toenadering de afstand weer opzocht. Om zonder existentiële zorgen te kunnen schrijven, was hij op vrouwelijke begunstigers aangewezen, wat hem diep vernederde. Daarom vond hij het heerlijk zich tegenover Regina gul te betonen, want met de blik van iemand die zelf behoeftig is had hij haar nood gezien en hij schoof haar en haar moeder iedere maand, zonder ophef, een klein bedrag toe.

Regina wist niet van wie het geld was dat hij voor haar opzijlegde, voor haar was, meer dan de geldelijke gift, zijn voortdurende genegenheid een geschenk. In die jaren ging ze op Rilkes geringste voorstellen in, volgde ze op als was hij een orakel, een vingerwijzing naar het geluk: *Ik doe je onrecht als ik je vriend noem, want je bent voor mij een goede geest, ver boven mij uit, die ik tot mijn geluk gehoorzaam.*

Ze klaagde tegenover haar vriend dat ze geen inspiratie meer kon vinden. Hij adviseerde haar weer meer contact met de natuur te zoeken, frisse lucht moest ze inademen net als vroeger, toen haar tot dan toe mooiste tekst tot stand was gekomen, de *Hagenpreek*: *Je moet overdag koeien zien, om die rust en de neerslag ervan in de woordlagen te bereiken, koeien en mensen, die niet, bij de eerste de beste aanraking, uit elkaar vallen tot een hoop woorden.*

Rega huurt een woontoren in Burghausen aan de Salzach, die ze samen met haar moeder in het oorlogsjaar 1915 betrekt. Om nog dichter bij de natuur te zijn, houdt ze bijen. Daarnaast, nog steeds in navolging van Rilkes raad, gaat ze in de leer bij tuinderij Bergmann. De tuinder ziet haar fijne, witte handen, hoort dat de jongedame met de breedgerande zonnehoed gedichten schrijft, en durft de fijnbesnaarde vrouw alleen lichte werkjes te geven. Desondanks valt ze na een dag in de buitenlucht 's avonds doodmoe in bed, schrijven is niet meer aan de orde.

Als ze eindelijk een paar dagen vrij heeft, schuift ze de van Rilke gekregen lessenaar bij het raam. Hoort buiten bij de ronding van de toren de bijen zoemen. Ze is dol op de nijvere verzamelaarsters, in hun buurt verzamelt de dichteres woorden. In een zwerm vliegen de woorden op haar toe, als destijds op het vreemde kind in de voortuin van het huis in St. Gallen.

De woorden zijn klank, zijn nectar, zijn licht. Ze sluit haar ogen, blijft stil zitten in het drukke gezoem van de woorden. 's Avonds staat ze nog steeds aan de lessenaar, het lege blad papier voor zich.

Dat de idyllische toren niet in afzondering, maar midden in de wereld staat, merken Regina en haar moeder steeds weer aan de talrijke bezoekers. Rilke klaagt over de inperkingen van de oorlogstijd, die hem dwingen in München te blijven, als Oostenrijker mag hij niet terug naar Parijs. Regina's tuinman komt om te zeggen dat hij onder de wapens wordt geroepen, er zal nu meer werk zijn bij de Bergmanns. De levensmiddelen worden schaars, Regina houdt met haar vriendin Editha Klipstein, die lang in de toren te gast is, strooptochten in de omgeving om eieren en spek te bemachtigen.

Else Jaffé, altijd iets gehaast, komt af en toe aan. Ze woont nu gescheiden van Jaffé in Wolfratshausen ten zuiden van München, vlak bij het vakantiehuis van haar minnaar Alfred Weber. Maar ook Max Weber, die zijn favoriete leerling nog altijd bewondert, laat zich vaak zien, is ook peter van de kleine Peter, Otto

Gross' zoon, en kan zo een beetje goedmaken dat hij destijds, het instituut van het huwelijk verdedigend, Otto's artikel voor *Archief* afwees.

Maar de belangrijkste gasten zijn Regina's kinderen. Ze komen 's zondags uit Feldkirchen. Rega, de zondagsmoeder, bakt maanzaadbrood en taart. De dochters gaan ter begroeting op hun tenen staan, drukken een verlegen kus op de moederlijke wang, Regina strijkt met vingers die niet aan tederheid zijn gewend over hun blonde hoofden. Hun echte moeder is geen gewone vrouw, ze is bijzonder, dat weten de kinderen, dat is hun verteld, ze willen bij haar niets fout doen. Gerda is nu negen, Camilla zeven jaar oud.

De kinderen wonen op voorstel van Else Jaffé nu allebei in Feldkirchen bij de familie Gebelein. De pleegvader is begrafenisondernemer, de pleegmoeder een goede huisvrouw, een moederlijke plattelandsschone, het echtpaar heeft zelf één kind van Camilla's leeftijd. Ideaal dus. Rega zou eigenlijk gerustgesteld moeten zijn. Else Jaffé, die gulle vrouw, draagt de financiële lasten. De pleegmoeder bericht uit Feldkirchen dat het goed gaat met de Ullmanndochters. De oudste, Gerda, is een zacht, meegaand schepsel, de kleine Camilla ook lief, maar iets minder makkelijk in de omgang.

Gewetenswroeging knaagt aan Regina Ullmann, dat ze de kinderen ver van zich laat opgroeien. Nog altijd staat ze, wat geld betreft, niet op eigen benen. Moeders kleine pensioen is zelfs niet genoeg voor twee, het bedraagt 40 dollar, die ze als oorlogsweduwe altijd nog uit Amerika krijgt voor vaders inzet tientallen jaren geleden in de Secessieoorlog. Op Rega ligt nog steeds de druk zich met schrijven te moeten bewijzen.

Ze voelt zich schuldig dat ze de kinderen niets anders dan het naakte leven heeft kunnen geven, schrijft ze Rilke. Hij, die uit zijn huwelijk met Clara Westhoff, die hij in de kunstenaarskolonie Worpswede leerde kennen, een dochter Ruth heeft, voor wie hij weinig doet, troost: *Ons ongeluk, Regina, is, geloof me, niet zozeer dat we de kinderen niet meer dan puur het leven hebben kunnen geven, maar dat we überhaupt kinderen hebben, terwijl onze verantwoordelijkheid al eerder ergens anders lag en vergeven was (…) En dan is het voor jou nog makkelijker dan voor mij, want als vrouw was je waarschijnlijk zonder het moederschap niet helemaal tot bloei gekomen, ik bedoel tot de volheid van je innerlijke natuur, ook in je werk niet.*

Vroeg in de zomer zal Camilla weer eens op bezoek gaan bij Else Jaffé in Wolfratshausen. Ook Rega is voor het kinderfeest uitgenodigd. Else wil de kinderen van Otto Gross samenbrengen: Frieda's wettige zoon Peter, Elses onwettige Peter en Otto's dochtertje Camilla Ullmann.

Het huis heet Villa Vogelnest. Ietwat bedrukt zit Rega Ullmann op het balkon te midden van de kinderschaar, ook Rilke is met een koets uit München gekomen. Op de achtergrond van de samengeraapte familie het panorama van de nog besneeuwde alpen. Op de tafel staan attributen van een burgerlijk huishouden, zilveren theekan, suikerpot, suikerklontjestang, porseleinen kopjes. Verstilde voorwerpen. In deze vaststaande wereld lijkt, hoewel het oorlog in Europa is, niets te wankelen. Maar de kinderen eten hun taart en stellen vragen bij deze werkelijkheid.

'Waarom heet een stokpaard paard, is dat niet een leugen?' Een vraag uit de mond van Elses zevenjarige Peter. Hij is een kind dat in een eigen wereld leeft, dat geen aanhankelijkheid kent. Met een dunne, doordringende, haast overslaande stem wil hij voortdurend dingen weten die niet te weten zijn.

'Moeder, wie is onze hond?'

'Ach, hoe bedoel je dat, Peter?'

Kinderen horen nog niet bij ons, denkt Rega. Vreemdelingen zijn het. Eerder horen ze bij de bomen, de beek, de wolken.

Otto's zoon met zijn blonde haar tot op de schouders, zijn doordringende donkere ogen, die dingen zien die niemand ziet. Rega durft hem niet als de andere kinderen aan te spreken. Bijna onwerkelijk dat Otto, in de gedaante van een kind, weer bij hen zit.

Drie maanden na het kinderfeest, halverwege oktober. De dagen in Burghausen zijn nog zomers warm, in tuinderij Bergmann bloeien de asters.

De postbode brengt een expresbrief. Else Jaffé schrijft: De kleine Peter is overleden aan de in Wolfratshausen heersende roodvonk.

Verdriet valt als ijzige regen, brengt de tijd met Otto Gross weer in herinnering, wat is het moeilijk de zwaar op de proef gestelde vriendin te troosten. De krans die ze voor het kleine graf heeft gevlochten verstuurt ze niet. Uiteindelijk schrijft ze Else met Otto's Peter voor ogen: *Hij was als een lichtstraal, die op een willekeurig moment toevallig over de dingen valt, en nu moet dat kleine venster dichtgemetseld worden.*

Rilke, ook aangegrepen door het bericht, schrijft zijn *Requiem voor een jongen.*

(…) Geen enkele had ik lief
Liefhebben was toch angst – (…)
(…)
Want dat we toen allemaal zo bijeen zaten,
dat heb ik nooit geloofd. Erewoord.

Jullie spraken, jullie lachten, maar toch
waren jullie stuk voor stuk niet aan het
spreken en niet aan het lachen. Nee.
Zo als jullie wankelden, zo wankelde
suikerpot noch glas vol wijn.

7

Ondertussen woont de wettige zoon Peter Gross in Ascona bij zijn moeder en haar onwettige partner Frick. De wildernis om Fricks stenen *rustico* is een paradijs voor kinderen: klaterende beekjes, bruggetjes, in het struikgewas bosjes van laurierkers. Tussen de metaalachtige bladeren kun je je geweldig verstoppen. Op foto's is de zevenjarige Peter te zien met zijn drie jaar oude halfzusje Eva Verena en hun huisdier – typisch iets voor Frick – een zwarte geit.

In die tijd komt Frieda Weekly bij haar vriendin Frieda Gross in Ascona op bezoek. Weekly lijkt Otto Gross' idee van de erotische revolutie te verwezenlijken. Ze verlaat het victoriaanse Nottingham en de echtgenoot van wie ze niet houdt en gaat samenwonen met de Engelse schrijver D.H. Lawrence, ze zal model staan voor zijn beroemde lady Chatterley.

Ascona stelde haar wel een beetje teleur. Tot in de Engelse salons was het nieuws doorgedrongen dat op de Monte Verità mensen in hun blootje rondliepen. Frieda, nieuwsgierig naar die natuurmensen, trof uiteindelijk achter een van de open hutten maar één oude adelijke bewoner in een lendendoek, die zwetend een koolveld aan het omspitten was. Om dat te zien had ze entreegeld betaald en een ansichtkaart moeten kopen waar *De schaamte heeft ons gekleed, de eer zal ons weer naakt maken* op gedrukt stond. Ook het in het wild levende paar Gross-Frick stelde teleur. Zonder de bijdrage van Hans Gross kon het gezin amper rondkomen, bovendien stond de relatie onder druk door de voortdurende politieverhoren.

'Frick is een betere liefdespartner voor je,' had Otto tegen zijn echtgenote Frieda gezegd, toen hij haar overliet aan zijn vriend. Hoe het er in werkelijkheid ook aan toeging, de liefdesrelatie wierp zijn vruchten af: al in 1910 was de kleine Eva Verena geboren, en op de helling van de Monte Verità zagen ze een bijna altijd zwangere Frieda, kort na elkaar werden nog twee dochtertjes geboren.

Hans Gross was niet alleen furieus over de *onwettige vrucht-baarheid* van zijn schoondochter, hij begon zich ook grote zorgen te maken over zijn aanzienlijke erfenis, die beslist niet onder de nakomelingen van een anarchist mocht worden verdeeld. On-verwijld diende te worden aangetoond dat Eva Verena niet de dochter van zijn zoon was, een punt waar Otto zowel als Frieda ten gunste van de kleine Eva hardnekkig hun mond over hielden. Hans rekende uit dat het kind negen maanden voor de geboorte in Ragusa moest zijn verwekt, waar Otto met Frieda, Frick en de kleine Peter op vakantie was. De criminoloog zocht nu getuigen die konden verklaren dat Frieda destijds de slaapkamer met Frick had gedeeld. Als 'beddensnuffelaar' werd er onder anderen een bedrijfsarts uit Ragusa bijgehaald, maar de ongeruste schoonvader kreeg ondanks alle inspanning geen sluitend antwoord. Toch stond voor hem vast: Eva Verena is de dochter van Ernst Frick, zijn enige erfgenaam blijft Otto's wettige zoon Peter.

Woede dreef de beledigde schoonvader tot nog meer sancties. Niet alleen diende hij bij het kantongerecht in Graz een verzoek in om Frieda's dochter als onwettig aan te merken, hij eiste ook tot voogd van zijn kleinzoon Peter Gross benoemd te worden. Met list en hulp van de politie moest het kind bij de moeder weggehaald en uit Ascona ontvoerd worden, daar de opvoeding van de jongen bij *dat anarchistische tuig* niet in goede handen was. De Zwitserse officier van justitie Otto Kronauer kon zich wel vinden in het plan, maar schoof de uitvoering toch af op het kantongerecht in Graz.

En zo werd het zuidelijke paradijs van Frieda Gross overschaduwd door de angst dat ze haar kind zou kwijtraken aan haar machtige schoonvader. Het kantongerecht in Graz ging in eerste instantie op het verzoek van de beroemde inwoner in, naderhand werd het besluit wegens protest teruggedraaid. Otto's vrienden, Erich Mühsam en schrijver Franz Jung voorop, hadden de zaak in de pers aanhangig gemaakt. Toen Otto Gross een oproep kon plaatsen in het tijdschrift *Zukunft*, kreeg de zaak grotere bekendheid, grote namen uit de wereld van kunst en cultuur sloten zich bij het protest aan en kwamen in actie voor het kind van Frieda Gross. Uiteindelijk werd officieel vastgesteld dat Frieda in staat was de voogdij over haar zoon zelf op zich te nemen, waarschijnlijk als concessie aan Hans Gross kreeg ze een toeziend voogd toegewezen.

De criminoloog Hans Gross ging echter onverdroten door zijn invloed te laten gelden. Op zijn aandringen werd zijn zoon Otto gedwongen opgenomen in de privékliniek Tulln bij Wenen en werd hij door de keizerlijke en koninklijke arrondissementsrechtbank van Graz onder curatele gesteld. In 1914 lukte het Hans Gross daadwerkelijk als curator of voogd van zijn zoon te worden aangesteld.

Zelfs in zijn kwaadste dromen had Otto zich dat niet kunnen voorstellen: door een wegens waanzin opgelegde curatele te krimpen tot de handelingsbevoegdheid van een zevenjarige en als een onmondige weer onder de strenge tucht van zijn almachtige vader te komen. Zijn vader nam de taak op zich alle zaken van zijn onmondige zoon af te handelen. Hans Gross was er in zijn tot haat geperverteerde liefde in geslaagd zijn zoon weer bij de hand te nemen, net als vroeger, toen hij met de kleine blonde drager van de hoop, zijn verlengde ik, door de straten van Graz liep.

Otto, die gedwongen was opgenomen, kon alleen nog schrijven. Uit de gesloten cel in de privékliniek Tulln liet hij een bericht smokkelen, dat Maximilian Harden, redacteur van het toonaangevende tijdschrift *Zukunft,* publiceerde: Nu hij onder curatele was gesteld stond hij machteloos. Daarom wilde hij in het openbaar ertoe oproepen Frieda Gross in haar strijd om haar kind bij te staan.

Hans Gross zag zijn zaak nu in de schijnwerpers van de publiciteit geplaatst. Voor alle zekerheid liet hij Otto overplaatsen naar het Silezische krankzinnigengesticht Troppau, daar moest de leiding van de inrichting Frieda Gross ieder contact met haar man verbieden. Maar Frieda Gross liet zich niet weerhouden Otto in Troppau te bezoeken. Ze was inmiddels een zwaar door het leven getekende vrouw, foto's laten murw geworden gelaatstrekken zien, haar mond vertrokken tot een smartelijk lachje. Als ze überhaupt ooit een gelukkige tijd heeft gehad, dan is dat in de eerste huwelijksjaren met Otto in München en Ascona geweest, zal ze verklaren.

Ook Otto moet de ontmoeting met Frieda in Troppau hebben aangegrepen. Misschien schreef hij in die tijd de ongedateerde brief die later in zijn nalatenschap werd aangetroffen:

Frieda, ik kan mijn hele leven in deze woorden samenvatten: Ik heb altijd over anderen nagedacht – waaraan het hun ontbreekt, hoe ik hen kan helpen, en nooit over mezelf. (…) Ik heb altijd alles voor anderen gedaan – alleen, men kan niets doen – het ligt aan het bestaan. (…) Ik wil nu zeggen dat ik bijna geen andere analyse meer wil doen dan bij mezelf, op ieder moment van onmin tussen iemand anders en mijzelf, op ieder ogenblik van terughoudendheid in de liefde eerst bij mezelf. Ik heb er steeds over nagedacht wat ik andere mensen te zeggen had. Ik geloof dat je de ander vanzelf het juiste zult zeggen, als je gevonden hebt, waarmee je zelf de ander laat lijden en waarin je aan jezelf lijdt.

Je hebt zo zwaar aan mij geleden, Frieda – ik heb er nooit aan gedacht, diep in mezelf, in mijn onbewuste te zoeken naar waar jij aan lijdt. Ik heb nagedacht hoe ik je helpen kan jezelf te vinden, en heb nooit geweten dat ik mezelf niet ken. Je Otto.

8

De oorlog had Regina haar toren afgenomen, in Burghausen werd gezegd dat ze hem nodig hadden voor de inkwartiering van militairen. Maar haar nieuwe woonplaats, Röhrmoos bij Mariabrunn, bleek bij nader inzien zo gek nog niet. Regina kwam in een statig herenhuis te wonen dat van zijn eigenaar, een Russische schilder, de euforische naam 'Rosékasteeltje' had gekregen. Er was meer licht en ruimte dan in de toren: *O wat is het hier mooi, zo ruim en statig,* stelde ze vast.

Ze houdt het een paar weken vol hier zonder moeder te leven. Een weldadige stilte. Tussen haar en de voorwerpen in het huis ontspint zich een band. Knus en griezelig: de houten stoel in de hoek vertelt van Rusland, de klok aan de muur tikt haar tijd van leven weg, de oude spiegel vult zich met taferelen. Dat ze voorwerpen haar ziel leent, was al in haar kindertijd zo: *Ik heb een ziel zonder lichaam in ieder voorwerp, een woonplaats in ieder geluid, in ieder gebaar.*

Af en toe hoort ze via Else Jaffé over Otto's moeilijke leven. Dan schrijft Regina in haar brieven over plotselinge inzinkingen, depressies: *Maar dan verstijft alles weer tot een innerlijke schrik.* Is misschien een deel van haar ziel nog altijd aanwezig in Otto's leven?

Met haar moeder kan ze daar niet over spreken. Het onvermijdelijke samenleven met haar blijft ook de daaropvolgende jaren een zware opgave, getuige de regels die ze Rilke schrijft: *Schrijf toch mijn moeder weer eens een woordje. Dam haar heerszucht in met een vriendelijke vermaning.* En ergens anders: *Ze grift met een soort duizend jaar oud steenschrift haar angst in mijn ziel. (Voor zover ik er een heb).* En in een brief aan Editha Klipstein: *Moeder wordt oud, maar als ze boos is, heeft ze de kracht van een oude Chinees. Toch zal ik, als ze er niet meer is, mijn aanknopingspunt missen.*

In 1919 verschijnen bij uitgeverij Insel de door Rilke uitgekozen gedichten, de uitgeverij verkoopt tachtig boeken, Regina blijft financieel afhankelijk van het weduwepensioen van haar moeder.

Kerst 1919. Camilla heeft de feestdagen bij Else in Wolfratshausen doorgebracht, Gerda bij haar pleegouders in Feldkirchen. Nu verwacht Regina de kinderen op nieuwjaarsdag 1920. In vreugdevolle afwachting van hun komst maakt ze nog een keer de kerstboom in orde, steekt nieuwe kaarsen aan, versiert hem met noten en zelfgemaakte figuurtjes van de was van de bijen uit Burghausen.

De kinderen arriveren laat in de middag, blauw van de kou en door elkaar geschud van de reis in de koets. Mama geeft hun in de keuken hete punch en kaneelkoek om warm te worden. De meisjes kijken bewonderend rond in het Rosékasteeltje, ze missen de toren en de kantelen wel, maar het statige huis past bij hun voorstelling van een schrijvende moeder.

In de woonkamer met de verlichte kerstboom kijkt de veertienjarige Gerda haar ogen uit naar de schaapjes, kribbes en harten van goudgele was. 'Hoe heb je die gemaakt, mama?' Regina glimlacht. Ze pakt het mooiste figuurtje, een Christuskind, aan zijn gouden draad uit de boom en legt het in Gerda's hand. Gerda straalt. Ze ziet er zo lief uit met de blonde vlechten om haar hoofd, haar ronde appelgezichtje.

Camilla daarentegen lijkt niet erg onder de indruk van de kerstboom, bij de Jaffés stond een grotere, met meer versieringen. Ongelooflijk hoe lang de jongste geworden was, Regina had haar in de donkere hal nauwelijks herkend. Else had in München haar vlechten laten afknippen, nu ziet ze er met haar pagekopje uit als een klein dametje uit de stad.

Met heimelijke bewondering kijkt Regina in de spiegel aan de wand naar Camilla's slanke figuurtje. Het blonde haar met een rode glans. De gewelfde lippen stijf op elkaar. De ronde vorm van haar ogen, haar trillende oogleden. Ze lijkt erg op Otto, zo veel dat het Regina een steek in haar hart bezorgt en de bewondering zich mengt met de angst dat de dochter niet alleen het uiterlijk van haar vader maar ook zijn moeilijke karakter heeft geërfd. Als een vriendin haar kort daarop schrijft dat Camilla een mooi meisje belooft te worden, antwoordt Regina: Ja, maar haar schoonheid komt me *onbehoed* voor.

Ook haar pleegmoeder in Feldkirchen uit enige bezorgdheid, wat Camilla aangaat. Ze horen haar 's nachts huilen, 's morgens loopt ze halfblind rond met rode, gezwollen ogen. Nee, het ontbreekt haar nergens aan! Vermoedelijk is het gewoon de leeftijd, tussen tafellaken en servet. Dan hebben meisjes toch zo hun kuren?

Maar 's avonds, als de kinderen al naar bed zijn gegaan, laat Regina haar gedachten de vrije loop: is Camilla te vaak bij de Jaffés? Weg van haar eenvoudige pleegouders verkeert ze daar in een veeleisende omgeving: luxe, andere tafelgesprekken en omgangsvormen. Vaak zijn er gasten, bijvoorbeeld de Webers, de kinderen moeten dan mooi uitgedost aan tafel zitten en slimme antwoorden geven. *De Jaffés zijn dol op Camilla, dat is mooi (…) maar veel theater, of dat nu door de volwassenen of door het kind wordt veroorzaakt, is niet goed voor haar ontwikkeling,* schrijft Regina aan Editha Klipstein.

Ook Else Jaffé bekommert zich om het nachtelijke huilen en komt erachter dat er op school opmerkingen worden gemaakt over Camilla's vader: 'Jouw vader, de dokter, zit in het gekkenhuis.'

'Weet je, Camilla,' zou Else toen tegen haar hebben gezegd, 'het gaat intussen weer beter met je vader. Hij werkt in een oorlogshospitaal en helpt daar veel soldaten die slachtoffer zijn van epidemieën.'

Regina vraagt Rilke bij zijn volgende bezoek om raad. Anders dan het geval is bij Gerda past het milieu van de pleegouders, ook de plattelandsschool, niet bij het *niet-boerse* karakter van Camilla, meent hij. Misschien is het goed haar uit Feldkirchen weg te halen en op de Odenwaldschule te doen, Else zou dan de kosten op zich nemen.

Als van de Odenwaldschule een afzegging komt, wordt Camilla toegelaten tot de kloosterschool van de salesianerinnen in Beuerberg, later gaat ook Gerda naar die school.

Lange tijd wordt Regina geplaagd door zorgen over het gevaarlijke vaderlijke erfgoed van haar Camilla. In de brieven aan haar dochter staan vermanende woorden, die Camilla vaak verontrust en gekwetst moeten hebben: *In ieder mens, of in ieder geval in veel, veel meer mensen, dan men voor mogelijk houdt, zit iets wat makkelijk aan rot en bederf onderhevig is. Dat moet ingekapseld worden, zoals bijen in hun zachte was een dood insect inkapselen.*

9

In 1915 stierf Hans Gross volkomen verbitterd. Na de dood van zijn vader spande Otto zich in voor een hernieuwd gerechtelijk onderzoek om de curatele op te heffen. Slechts aarzelend, na een periode van nog eens twee jaar, matigde het gerechtshof in Graz het vonnis en zette het om in een beperkte curatele wegens overdadig gebruik van verdovende middelen. Bovendien kon Otto Gross van zijn medisch handelen in het epidemieënhospitaal een lovend getuigschrift overleggen: niets duidde bij Gross op wat voor geestelijke stoornis dan ook. Men verwees juist naar zijn uitmuntende artikelen die de afgelopen maanden in de vakbladen waren verschenen.

Otto Gross schreef tegen zijn door Jung voorspelde vroegtijdige dood in, hij wilde zijn innovatieve ideeën redden door publicatie. In vroeger jaren hadden Jung en Freud zich, bijvoorbeeld in de kwestie van de archetypen, soms op het werk van hun talentvolle collega Gross beroepen, maar steeds vaker lieten ze zich zonder bronvermelding door zijn gedachten inspireren. Als Gross herinnerd werd, was dat alleen vanwege zijn ideeën over een seksuele revolutie, die vaak verdraaid en uit de context werden weergegeven. Op de hoofdthema's van zijn latere werk ging men nauwelijks in:

een op de psychoanalyse gebaseerde nieuwe ethiek, de opwaardering van de vrouw en de gevolgen van een liefdeloze opvoeding en de eenzaamheid van het kind.

In de mogelijkheid zichzelf te kennen, ligt het begin van een nieuwe ethiek, die op de morele imperatief tot het werkelijke weten over zichzelf en de naasten berusten zal, schreef Gross al in 1913 in *Die Aktion.* In dit opzicht is in zijn ogen iedere revolutie tot mislukken gedoemd, als de mens zich niet uit zijn oude psychische patronen kan losmaken.

Na zijn ontslag uit Troppau maakte hij een creatieve periode door: in het artikel *Over destructiesymboliek* analyseerde hij de dromen van patiënten op wetenschappelijke wijze. Hij meende dat de relatie tussen de geslachten door geweld was belast, daar de maatschappij de vrouw tot bezit van de man degradeerde. Zijn conclusie: *De bestaande maatschappelijke orde is erop gebaseerd dat de vrouw haar vrijheid wordt onthouden. (...) Wij geloven dat pas die revolutie de eerste en echte is, die vrouw en vrijheid en geest onder één noemer brengt.*

In 1919 verschenen *De communistische grondgedachte in de paradijssymboliek* en *Drie verhandelingen over het innerlijke conflict.* In de *Paradijssymboliek* formuleerde hij opnieuw het visioen van het terugkeren naar een zuivere seksualiteit en de opwaardering van de moeder. In de *Drie verhandelingen* ging het eerste artikel over het thema conflict en relatie. Het tweede met de titel *Eenzaamheid* ging over opvoeding: de behoefte van het kind aan contact wordt in de autoritaire opvoeding misbruikt als middel van beloning en straf. Het kind moet zich voegen, om aan de eenzaamheid te ontkomen. Dat vormt later in de volwassenheid de bodem van de innerlijke gespletenheid van het individu, het conflict tussen het eigene en het vreemde. Het derde artikel sloeg een brug naar het essay van Hans Gross, *Degeneratie en deportatie*. Stelt de vader dat de onaangepaste mens uit de beschaving verwijderd dient te worden, de zoon definieert de onaangepaste mens als het zout der aarde. De creatieve mens is onaangepast.

Het jaar 1919 bracht Gross hoofdzakelijk in Praag en Wenen door, waar hij in de literaire kringen om Max Brod, Franz Kafka en Franz Werfel verkeerde. Zijn vernieuwende ideeën legde hij in talloze artikelen vast, ook werkte hij als medeuitgever van tijdschriften als *Das Forum, Die Erde, Rätezeitung*.

Buiten de creatieve perioden waren er altijd weer tijden waarin Otto Gross helemaal ten prooi viel aan de drugs.

10

In februari 1920 kwam er een telegram van Else Jaffé in Maria-brunn: Otto Gross, 42 jaar, is dood! Halfverhongerd en bevroren werd hij in Berlijn in de doorgang van een pakhuis gevonden. Twee dagen later, op 13 februari, is hij in een sanatorium in Pankow aan een longontsteking gestorven. Regina stond lang met het bericht in haar handen, met wijd opengesperde ogen zonder tranen staarde ze naar het papier.

Toen ze het telegram neerlegde, begon ze in een duizelingwekkend tempo te schrijven. Nog nooit hadden de gedachten en beelden in haar hoofd zich zo sterk aan haar opgedrongen: *Ik leef als op een eiland alleen nog van het ene verhaal naar het andere.* Was door het bericht van Otto's dood een ijzeren klem losgeschoten? Als aandenken aan een eerste ontmoeting met hem ontstond de tekst *Het consult.* In de verwaarloosde spreekkamer, die overeenstemt met de toestand van de jonge patiënte, verschijnt een soort Otto Gross, half priester, half toneelspeler. Een arts, die voor zichzelf geen uitweg meer ziet maar desondanks probeert anderen te helpen.

Het meest indrukwekkende verhaal uit die tijd, *De herberg met het oude uithangbord*, beschouwde Rilke als een klein wonder, het bewijs dat hij zich niet vergiste in Regina's talent. Dat was een opluchting, want hij had net bij uitgeverij Insel bewerkstelligd dat zij van 1921 af een maandelijks geldbedrag kreeg. Het bedrag was bedoeld als voorschot voor een roman, die Regina echter nooit zou schrijven. Niet alleen bij zijn uitgever, ook in vele literaire commissies baande Rilke de weg voor zijn collega. Zoals in 1919, tijdens een lezing voor de museumvereniging van St. Gallen. Hij droeg het eerbiedig luisterende publiek een parabel voor en zei toen dat de schrijfster van deze beelden in hun stad was geboren, *de verbazing was enorm, en de brave lieden keken elkaar verschrikt aan.* Regina Ullman? Niemand kende die naam. U zult haar snel leren kennen, voorspelde Rilke.

Regina had al die jaren het beeld aan haar geboortestad in haar hart bewaard. Of ze niet eens in Zwitserland uit haar werk kon voorlezen, informeerde ze bij Rilke. *Zwitserland is iets wat bij mij hoort en waar ik schatplichtig aan ben.* Niet alleen voor een lezing, maar bijna voor de rest van haar leven zou Regina Ullmann naar haar geboortestad St. Gallen terugkeren. Het lukte de tot het katholicisme bekeerde Jodin op het laatste moment vlak voor de tweede wereldoorlog terug te keren, in 1950 verleende St. Gallen haar het burgerschap.

Intussen was Gerda in Feldkirchen met een tuinman getrouwd en had kinderen gekregen. Camilla, wellicht in het voetspoor van haar zelfstandige tante Helene, leerde in Engeland en in Hamburg voor verpleegster. Regina maakte zich nu geen zorgen meer over de vaderlijke genen: *Ik zie Camilla, die zo mooi is uitgegroeid en mij zoveel vreugde geeft,* staat in een brief aan Grete König, en ergens anders: *Camilla is vlijtig, eenvoudig en vrolijk en toch zo schrander.*

Camilla, *het lieve, dierbare Illachen*, verzorgde haar moeder tijdens haar laatste ziekbed in het Beierse Eglharting bij Kirchseeon tot haar dood in 1961.

Een keer, de zieke vrouw lag stil in haar bed, vroeg Camilla: 'Moeder, toe, vertel me over mijn vader.'

Haar moeder tilde haar hoofd op, spande zich in om te spreken, hapte naar adem. Maar er kwam geen woord over haar lippen.

Over vroeger kan men spreken, men kent de verbindingen, het systeem van de afloop, oorzaak, werking. Men vindt een verteltoon. Door het vertellen wordt het verleden van zijn scherpe kanten ontdaan, het wordt overzichtelijk, men krijgt er vat op. Over Gross kan Regina niet spreken, het verleden is nog niet voorbij.

'Heb je van mijn vader gehouden, moeder?'

'Anders zou jij er toch niet zijn?' antwoordt een broze stem.

Camilla, het levende bewijs, dat het allemaal gebeurd is. Uit de twee-eenheid is een derde in de toekomst gegroeid. Zelfstandig.

'Herinner je je hem, moeder?'

Tranen wellen op in Regina's ogen.

Camilla voelt dat ze de gevoelens van de oude vrouw moet ontzien. Hoe sterk de herinnering is, heeft Regina opgeschreven in de opzet tot een roman die nooit verschenen is, *Girgel en Lisette*:

… want haar tijdmaat is het altijd durende, wat we niet meer kunnen doen vergeten, wat juist daardoor die kwellendste aller smarten veroorzaakt: liefdesverdriet. Hoe kun je ook vergeten! Ja, sterker nog, hoe zou je ooit willen vergeten…

Bij haar volgende bezoek aan Else Jaffé in Wolfratshausen wil Camilla weten waarom iedereen, ondanks zijn dwalingen, toch zo van Otto Gross hield.

'Weet je,' zegt Else, 'jouw vader was voor ons allemaal belangrijk. Hij dacht na over modellen, die het samenleven vrijer, opener en eerlijker maken. Na zijn dood verschenen er bijna geen in memoriams, nu is hij vergeten. Maar zijn ideeën zijn overgenomen, zelfs beroemde mensen hebben ze zonder bronvermelding gebruikt.'

'Heb jij ook van hem gehouden, Else?'

Ze knikt. Zwijgt een moment nadenkend. Zegt dan: 'Jij als zijn dochter moet weten, waarom ik, waarom jouw moeder, waarom veel vrouwen van Otto Gross hebben gehouden. Het bijzondere aan hem was zijn hartstochtelijke toewijding, waarmee hij een mens wilde helpen. Het ging erom zijn innerlijke waarheid, die onder de conventie verscholen lag, op te sporen en bloot te leggen. Zo sterkte Otto veel mensen in hun zelfvertrouwen, doordat hij altijd weer zei: "Je bent in staat dit of dat te doen. Blijf bij wat je eigen is! Dat *ben* je!"'

'Dus niet alleen gevaarlijke genen, zoals zovelen mij te verstaan hebben gegeven?'

'Camilla, als ik zie hoe je je moeder op haar ziekbed verzorgt, dan zie ik veel van Otto. Van zijn toewijding, van zijn intensiteit en mensenliefde.'

Toen ik in 1993 de *St. Galler Kulturpreis* kreeg, viel het me op dat deze vierjaarlijkse prijs pas één keer eerder aan een vrouw was uitgereikt, namelijk in 1954 aan de schrijfster Regina Ullmann. Ik begon haar verhalen te herlezen, die me ontstellend modern voorkwamen. 'Onder mijn verhalen zit een ander verhaal verborgen,' had de schrijfster in een kort werkbericht geschreven. Ik probeerde meer te weten te komen over de in 1884 in St. Gallen geboren schrijfster. Grote delen van haar leven waren in dichte nevel gehuld, leek het wel. Men wist wel dat de teruggetrokken levende bewoonster van Marienheim twee buitenechtelijke dochters had, van de vaders en haar toenmalige leefomstandigheden was echter nauwelijks iets bekend.

Onderzoek bracht me op andere sporen en levensverhalen in Schwabing en Ascona aan het begin van de twintigste eeuw. Regina Ullmann en Otto Gross ontmoetten elkaar in een bewogen tijd. Ik werd me ervan bewust dat haar twee belangrijke werken aan een moeilijk leven zijn ontworsteld.

Mijn dank geldt psychiater Emanuel Hurwitz in Zürich, voor de waardevolle gesprekken op het Otto-Grosscongres in het Dada-

Haus in Zürich. In zijn boek *Otto Gross Paradiessucher zwischen Freud und Jung* staan de protocollen van de inrichting Burghölzli uit 1908.

Literatuurwetenschapper Charles Linsmayer uit Zürich bedank ik voor de vele verwijzingen en documenten. Zijn bezielende boek *Regina Ullmann. Ich bin den Umweg statt den Weg gegangen* geeft een uitvoerige blik in leven en werk van de schrijfster. Het is zeer verheugend dat tegelijk met mijn boek Regina Ullmanns eerste verhalenbundel, *Die Landstrasse,* verschijnt, door Peter von Matt uitgegeven bij Nagel & Kimche.

Ullmannkenner Christina Kargl uit Kirchseeon ben ik dankbaar voor de inspirerende gedachtewisselingen en voor de ontdekkingstochten door het München van Regina Ullmann, en dank aan mijn vrienden Hille en Rainer Janssen voor de ontdekking van het oude Schwabing! De Ullmannarchiven (Monacensia München en Vadiana St. Gallen) dank ik voor het verschaffen van documenten en boeken.

De cursief gezette tekstdelen zijn citaten uit historische documenten.